Melhores Contos

João Alphonsus

Direção de Edla van Steen

 *Melhores Contos*

João Alphonsus

Seleção de Afonso Henriques Neto

© Fernão Baeta Vianna de Guimaraens e
Liliana Viana de Guimaraens, 1998

1ª EDIÇÃO, GLOBAL EDITORA, SÃO PAULO 2001
1ª REIMPRESSÃO, 2012

Diretor Editorial
JEFFERSON L. ALVES

Assistente Editorial
ROSALINA SIQUEIRA

Gerente de Produção
FLÁVIO SAMUEL

Revisão
LETRAS E IDEIAS ASS. TEXTOS
MARIA CECÍLIA K. CALIENDO

Editoração Eletrônica
ANTONIO SILVIO LOPES

Dados Internacionais de Catalogação na Publicação (CIP)
(Câmara Brasileira do Livro, SP, Brasil)

Alphonsus, João, 1901-1944.
 Melhores contos João Alphonsus / seleção de Afonso Henriques Neto. – São Paulo : Global, 2001. – (Coleção Melhores Contos)

 ISBN 978-85-260-0694-2

 1. Contos brasileiros. I. Henriques Neto, Afonso. II. Título. III. Série.

01-1012   CDD–869.935

Índices para catálogo sistemático:

1. Contos : Século 20 : Literatura brasileira 869.935
2. Século 20 : Contos : Literatura brasileira 869.935

Direitos Reservados

**GLOBAL EDITORA E
DISTRIBUIDORA LTDA.**
Rua Pirapitingui, 111 – Liberdade
CEP 01508-020 – São Paulo – SP
Tel.: (11) 3277-7999 – Fax: (11) 3277-8141
e-mail: global@globaleditora.com.br
www.globaleditora.com.br

Obra atualizada
conforme o
**Novo Acordo
Ortográfico da
Língua
Portuguesa**

Colabore com a produção científica e cultural.
Proibida a reprodução total ou parcial desta obra
sem a autorização do editor.

Nº de Catálogo: **2086**

Afonso Henriques de Guimaraens Neto, cujo nome literário é Afonso Henriques Neto, nasceu em Belo Horizonte, Minas Gerais, em 17 de junho de 1944. É filho do poeta Alphonsus de Guimaraens Filho e de Hymirene Papi de Guimaraens, e sobrinho de João Alphonsus. Formou-se em Direito na primeira turma da Universidade de Brasília, em 1966. Desde 1976 professor do Instituto de Artes e Comunicação Social da Universidade Federal Fluminense, doutorou-se em 1997 pela Escola de Comunicação da Universidade Federal do Rio de Janeiro. Coordenou de 1976 a 1994 a área de editoração de texto da Fundação Nacional de Arte – Funarte.

Publicou, até agora, os seguintes livros de poesia: *O misterioso ladrão de Tenerife*, em coautoria com Eudoro Augusto (edição independente em 1972, e edição comemorativa dos 25 anos de lançamento pela editora Sette Letras, Rio de Janeiro, 1997); *Restos & estrelas & fraturas* (edição independente, 1975); *Ossos do paraíso* (edição independente, 1981); *Tudo nenhum* (Massao Ohno Editor, 1985); *Avenida Eros* e *Piano mudo* (Massao Ohno Editor, 1992); *Abismo com violinos* (Massao Ohno Editor, 1995).

Tem colaborado em numerosas revistas e suplementos literários, participando de várias antologias, entre as quais *26 poetas hoje*, organizada para a Editorial Labor do Brasil, em 1976, por Heloísa Buarque de Hollanda.

PREFÁCIO

A crítica é hoje unânime em considerar os nomes de Carlos Drummond de Andrade, na poesia, e de João Alphonsus, na prosa, como os marcos mais vigorosos do movimento modernista em Minas Gerais. No que se refere a João Alphonsus, desde cedo uma grande força expressiva marcou a sua prosa, fazendo dele, pouco a pouco, um mestre consumado do conto na literatura brasileira. É verdade que publicou também dois excelentes e premiados romances, mas foi no conto que o seu talento se revelou de forma mais acabada. Em um depoimento de 1942, o próprio escritor diz, quanto aos momentos de plena realização intelectual, que "estão nos meus contos, gênero que me atrai e satisfaz quase que exclusivamente, tentador e difícil mas tão compensador quando se consegue alguma coisa que nos pareça verdadeiramente realizada". Atente-se para aquele "quase que exclusivamente", bastante para traduzir como o fascinava a história curta e como se desvelava na sua composição.

O universo ficcional de João Alphonsus não se amolda a nenhuma fórmula simplificadora. Antes, o que se percebe é um intrincado jogo de forças a se desenrolar naquele estilo muito próprio de compor de maneira mansa, minuciosa, sem pressa, assim como se estivesse contando a um amigo um caso, num tranquilo modo de narrar bem mineiro. Carlos Drummond de Andrade viu nessa forma de compor "sinais de sua passagem pela banca de repartição pública, a principiar pela metodização calma na narrativa, que se desenvolve lenta, mole, aparentemente desinteressada, sem fugir mesmo à banalidade de incidentes ou de expressão, e contudo segue um fio lógico, vai ganhando corpo e vigor, impondo-se no seu caráter doloroso ou dramático inexorável". Considerando que João Alphonsus exerceu, ao longo de sua curta vida, muitas atividades burocráticas na condição de funcionário público, a observação de Drummond se ajusta à perfeição. Aliás, em vários de seus contos o *homo burocraticus* – e aqui o termo engloba também a burocracia de atividades privadas – é desenhado de maneira exemplar: lembremos, entre outros personagens, de Macrínio, chefe da repartição, e do funcionário Péricles no conto "Caracol"; do empregado público Rogoberto de "O mensageiro"; do conselheiro José Inácio Gomes em "A noite do Conselheiro"; ou do hoteleiro de "O imemorial apelo", que possuía um fichário completo dos caixeiros-viajantes que pelo hotel sempre passavam em suas inumeráveis viagens.

Falamos do modo de narrar de João Alphonsus, e não podemos deixar de notar aquele sabor mineiro sempre vazado em típico *humour* a nos lembrar um reflexivo sorriso inglês, ou uma espécie de "capacidade de rir para dentro, o dom de sublinhar o ridículo de gravidades idôneas, o jeito de tratar com seriedade as coisas fúteis e com frivolidade as coisas sérias", como assinala Aires da Mata Machado Filho. Há que dizer também que esse *humour* se resolve em fina ironia, cortante maneira de sorrir de modo oblíquo, como a esconder o agudo ceticismo em relação a uma possível ordem cósmica que emprestasse sentido a todas as coisas. Contudo, isso não significa acreditar na pura ordenação caótica de tudo, uma vez que o próprio caos se inclui no cenário cético, colocado assim também em dúvida.

Quanto ao *humour*, citemos algumas passagens em que ele sutilmente se deixa mostrar, às vezes em simples, irônica e inesperada combinação de palavras: "Isso acontecia na cidadezinha em que meu marido ocupava um lugar relativamente importantíssimo: gerente do único escritório local de banco" (no conto "Foguetes ao longe"); "O botequim era relativamente limpo e alemão" (do conto "Oxicianureto de mercúrio"); "– Lincha! Lincha ele! Lincha o bandido! Lincha ele! – Mas que falta de gramática! – exclamou o sujeito de preto acordando e levantando a cabeça de cima dos clássicos, queimado com tanto barulho" ("Oxicianureto de mercúrio"). Neste último ponto é interessante notar que o humorismo de João Alphonsus se tece em torno do modo de escrever "brasileiro", bem popular, que era uma das marcas do autêntico modernista, em contraste com os puristas, com seus pruridos lusitanos.

A apresentação das linhas de força da prosa de João Alphonsus não se esgota aqui. Há que considerar também a presença do lirismo – em par com o sentido trágico da condição humana –, que no dizer de Fernando Correia Dias se exterioriza veladamente, disfarçado em ironia: "Suas ternuras repentinas e imbecis!", como exclama um personagem de "Pesca da baleia", buscando ocultar o derramamento emotivo, o caminho para as pungentes regiões de um entranhado sentimento lírico. Lirismo esse que, por mais que faça, João Alphonsus não consegue esconder, não fosse ele poeta ao longo de toda a vida.

Por fim, é fundamental observar que, paralelamente à sua intensa simpatia pelos humildes – homens e mulheres de vida simples, anônima, desamparada –, João Alphonsus dedica profundo amor aos bichos. A galinha cega, o burro Mansinho e o gato Sardanapalo são personagens de força impressionante. A piedade banhada em ironia que João

Alphonsus sentia por "todas as criaturas, todas as almas mais racionais, menos racionais, igualmente dignas de dó e de misericórdia" fez com que ele emprestasse aos animais muitos traços da vida humana. Essa antropomorfização dos bichos, humanizados por uma intensa ternura, e mais que tudo, pelo profundo respeito por tudo quanto vive (lembre-se a lírica e dramática trepadeira de "Caracol"), tem seu ponto culminante em "Galinha cega", conto dos mais notáveis em toda a literatura brasileira.

Resta falar de um dos aspectos focalizados por ele: o do jornalista que foi durante anos. O melhor exemplo da ressonância que teve o exercício cotidiano de redator de um jornal pode ser visto no conto "O homem na sombra ou a sombra no homem", de seu primeiro livro, trabalho no qual há notas reveladoras de um alto ficcionista ainda jovem. Aliás, os contos de *Galinha cega*, de que o por nós citado faz parte, foram escritos na década de 1930, e o que dá nome ao livro, um dos mais celebrados, é de 1926.

Dizíamos no início que a crítica é hoje unânime em considerar João Alphonsus como o grande prosador modernista em Minas Gerais. Vamos encerrar esta breve análise recordando a excelente e precisa observação de Agrippino Grieco, em texto escrito quando João Alphonsus ainda vivia: "Uma espécie de visionarismo direto e sóbrio é a dominante da maneira literária do filho de Alphonsus de Guimaraens. Nota-se nele a perfeita coexistência da fantasmagoria com o real e há sempre um 'vago' de imensa beleza na vida física das suas personagens. Às vezes, uma espécie de melodia retalhada parece cheia de alusões ao passado e ao futuro de todos os que o lemos. E forçoso é reconhecer que esse decifrador do nosso destino tomou lugar, já agora, entre os maiores prosadores vivos do Brasil".

Afonso Henriques Neto

CONTOS

GALINHA CEGA

Na manhã sadia, o homem de barbas poentas, entronado na carrocinha, aspirou forte. O ar passava lhe dobrando o bigode ríspido como a um milharal. Berrou arrastadamente o pregão molengo:
— Frangos BONS E BARATOS!

Com as cabeças de mártires obscuros enfiadas na tela de arame os bichos piavam num protesto. Não eram bons. Nem mesmo baratos. Queriam apenas que os soltassem. Que lhes devolvessem o direito de continuar ciscando no terreiro amplo e longe.

— Psiu!

Foi o cavalo que ouviu e estacou, enquanto o seu dono terminava o pregão. Um bruto homem de barbas brancas na porta de um barracão chamava o vendedor cavando o ar com o braço enorme.

Quanto? Tanto. Mas puseram-se a discutir exaustivamente os preços. Não queriam por nada chegar a um acordo. O vendedor era macio. O comprador, brusco.

— Olhe esta franguinha branca. Então não vale?

— Está gordota... E que bonitos olhos ela tem. Pretotes...

Vá lá!

O homem de barbas poentas entronou-se de novo e persistiu em gritar pela rua que despertava:

13

– Frangos BONS e BARATOS!
Carregando a franga, o comprador satisfeito penetrou no barracão.
– Olha, Inácia, o que eu comprei.
A mulher tinha um eterno descontentamento escondido nas rugas. Permaneceu calada.
– Olha os olhos. Pretotes...
– É.
– Gostei dela e comprei. Garanto que vai ser uma boa galinha.
– É. No terreiro, sentindo a liberdade que retornava, a franga agitou as penas e começou a catar afobada os bagos de milho que o novo dono lhe atirava divertidíssimo.

* * *

A rua era suburbana, calada, sem movimento. Mas no alto da colina dominando a cidade que se estendia lá embaixo cheia de árvores no dia e de luzes na noite. Perto havia moitas de pitangueiras a cuja sombra os galináceos podiam flanar à vontade e dormir a sesta.

A franga não notou grande diferença entre a sua vida atual e a que levava em seu torrão natal distante. Muito distante. Lembrava-se vagamente de ter sido embalaiada com companheiros mal-humorados. Carregavam os balaios a trouxe-mouxe para um galinheiro sobre rodas, comprido e distinto, mas sem poleiros. Houve um grito lá fora, lancinante, formidável. As paisagens começaram a correr nas grades, enquanto o galinheiro todo se agitava, barulhando e rangendo por baixo. Rolos de fumo rolavam com um cheiro paulificante. De longe em longe as paisagens paravam. Mas novo grito e elas de novo a correr. Na noitinha sumiram-se as paisagens e apareceram fagulhas. Um fogo de artifício como nunca vira. Aliás ela nunca tinha visto um fogo de artifício. Que lindo, que lindo. Adormecera numa enjoada madorna...

Viera depois outro dia de paisagens que tinham pressa. Dia de sede e fome.

Agora a vida voltava a ser boa. Não tinha saudades do torrão natal. Possuía o bastante para sua felicidade: liberdade e milho. Só o galo é que às vezes vinha perturbá-la incompreensivelmente. Já lá vinha ele, bem elegante, com plumas, forte, resoluto. Já lá vinha. Não havia dúvida que era bem bonito. Já lá vinha... Sujeito cacete.

O galo – có, có, có – có, có, có – rodeou-a, abriu a asa, arranhou as penas com as unhas. Embarafustaram pelo mato numa carreira doida. E ela teve a revelação do lado contrário da vida. Sem grande contrariedade a não ser o propósito inconscientemente feminino de se esquivar, querendo e não querendo.

* * *

– A melhor galinha, Inácia! Boa à beça!
– Não sei por quê.
– Você sempre besta! Pois eu sei...
– Besta! besta, hein?
– Desculpe, Inácia. Foi sem querer. Também você sabe que eu gosto da galinha e fica me amolando.
– Besta é você!
– Eu sei que eu sou.

* * *

Ao ruído do milho se espalhando na terra, a galinha lá foi correndo defender o seu quinhão, e os olhos do dono descansaram em suas penas brancas, no seu porte firme, com ternura. E os olhos notaram logo a anormalidade. A branquinha – era o nome que o dono lhe botara – bicava o chão doidamente e raro alcançava um grão. Bicava quase sempre a uma pequena distância de cada bago de milho e repetia o golpe, repetia com desespero, até catar um grão que nem sempre era aquele que visava. O dono correu atrás de sua branquinha, agarrou-a, lhe examinou os olhos. Estavam direitinhos, graças a Deus, e muito pretos. Soltou-a no terreiro e lhe atirou mais milho. A galinha continuou a bicar o chão desorientada. Atirou ainda mais, com paciência, até que ela se fartasse. Mas não conseguiu com o gasto de milho, de que as outras se aproveitaram, atinar com a origem daquela desorientação. Que é que seria aquilo, meu Deus do céu. Se fosse efeito de uma pedrada na cabeça e se soubesse quem havia mandado a pedra, algum moleque da vizinhança, ai... Nem por sombra pensou que era a cegueira irremediável que principiava.

Também a galinha, coitada, não compreendia nada, absolutamente nada daquilo. Por que não vinham mais os dias luminosos em que procurava a sombra das pitangueiras? Sentia ainda o calor do sol, mas tudo quase sempre tão escuro. Quase que já não sabia onde é que estava a luz, onde é que estava a sombra.

Foi assim que, certa madrugada, quando abriu os olhos, abriu sem ver coisa alguma. Tudo em redor dela estava preto. Era só ela, pobre, indefesa galinha, dentro do infinitamente preto; perdida dentro do inexistente, pois que o mundo desaparecera e só ela existia inexplicavelmente dentro da sombra do nada. Estava ainda no poleiro. Ali se anularia, quietinha, se fanando quase sem sofrimento, porquanto a admirável clarividência dos seus instintos não podia conceber que ela estivesse viva e obrigada a viver, quando o mundo em redor se havia sumido.

Porém, suprema crueldade, os outros sentidos estavam atentos e fortes no seu corpo. Ouviu que as outras galinhas desciam do poleiro cantando alegremente. Ela, coitada, armou um pulo no vácuo e foi cair no chão invisível, tocando-o com o bico, pés, peito, o corpo todo. As outras cantavam. Espichava inutilmente o pescoço para passar além da sombra. Queria ver, queria ver! Para depois cantar.

As mãos carinhosas do dono suspenderam-na do chão.
– A coitada está cega, Inácia! Cega!
– É.
Nos olhos raiados de sangue do carroceiro (ele era carroceiro) boiavam duas lágrimas enormes.

* * *

Religiosamente, pela manhãzinha, ele dava milho na mão para a galinha cega. As bicadas tontas, de violentas, faziam doer a palma da mão calosa. E ele sorria. Depois a conduzia ao poço, onde ela bebia com os pés dentro da água. A sensação direta da água nos pés lhe anunciava que era hora de matar a sede; curvava o pescoço rapidamente, mas nem sempre apenas o bico atingia a água: muita vez, no furor da sede longamente guardada, toda a cabeça mergulhava no líquido, e ela a sacudia, assim molhada, no ar. Gotas inúmeras se espargiam nas mãos e no rosto do carroceiro agachado junto do poço. Aquela água era como uma bênção para ele. Como a água benta, com que um Deus misericordioso e acessível aspergisse todas as dores animais. Bênção, água benta, ou coisa parecida: uma impressão de doloroso triunfo, de sofredora vitória sobre a desgraça inexplicável, injustificável, na carícia dos pingos de água, que não enxugava e lhe secavam lentamente na pele. Impressão, aliás, algo confusa, sem requintes psicológicos e sem literatura.

Depois de satisfeita a sede, ele a colocava no pequeno cercado de tela separado do terreiro (as outras galinhas martirizavam muito a branquinha) que construíra especialmente para ela. De tardinha dava-lhe outra vez milho e água, e deixava a pobre cega num poleiro solitário, dentro do cercado.

Porque o bico e as unhas não mais catassem e ciscassem, puseram-se a crescer. A galinha ia adquirindo um aspecto irrisório de rapace, ironia do destino, o bico recurvo, as unhas aduncas. E tal crescimento já lhe atrapalhava os passos, lhe impedia o comer e beber. Ele notou mais essa miséria e, de vez em quando, com a tesoura, aparava o excesso de substância córnea no serzinho desgraçado e querido.

* * *

Entretanto, a galinha já se sentia de novo quase feliz. Tinha delidas lembranças da claridade sumida. No terreiro plano ela podia ir e vir à vontade até topar a tela de arame, e abrigar-se do sol debaixo do seu poleiro solitário. Ainda tinha liberdade – o pouco de liberdade necessário à sua cegueira. E milho. Não compreendia nem procurava compreender aquilo. Tinham soprado a lâmpada e acabou-se. Quem tinha soprado não era da conta dela. Mas o que lhe doía fundamente era já não poder ver o galo de plumas bonitas. E não sentir mais o galo perturbá-la com o seu có-có-có malicioso. O ingrato.

* * *

Em determinadas tardes, na ternura crescente do parati, ele pegava a galinha, após dar-lhe comida e bebida, se sentava na porta do terreiro e começava a niná-la com a voz branda, comovida:
– Coitadinha da minha ceguinha!
– Tadinha da ceguinha...
Depois, já de noite, ia botá-la no poleiro solitário.

* * *

De repente os acontecimentos se precipitaram.

* * *

— Entra!
— Centra!

A meninada ria a maldade atávica no gozo do futebol originalíssimo. A galinha se abandonava sem protesto na sua treva à mercê dos chutes. Ia e vinha. Os meninos não chutavam com tanta força como a uma bola, mas chutavam, e gozavam a brincadeira.

O carroceiro não quis saber por que é que a sua ceguinha estava no meio da rua. Avançou como um possesso com o chicote que assoviou para atingir umas nádegas tenras. Zebrou carnes nos estalos da longa tira de sola. O grupo de guris se dispersou em prantos, risos, insultos pesados, revolta.

* * *

— Você chicoteou o filho do delegado. Vamos à delegacia.

* * *

Quando saiu do xadrez, na manhã seguinte, levava um nó na garganta. Rubro de raiva impotente. Foi quase que correndo para casa.

— Onde está a galinha, Inácia?
— Vai ver.

Encontrou-a no terreirinho, estirada, morta! Por todos os lados havia penas arrancadas, mostrando que a pobre se debatera, lutara contra o inimigo, antes deste abrir-lhe o pescoço, onde existiam coágulos de sangue...

Era tão trágico o aspecto do marido que os olhos da mulher se esbugalharam de pavor.

— Não fui eu não! Com certeza um gambá!
— Você não viu?
— Não acordei! Não pude acordar!

Ele mandou a enorme mão fechada contra as rugas dela.

A velha tombou nocaute, mas sem aguardar a contagem dos pontos escapuliu para a rua gritando: – Me acudam!

* * *

Quando de novo saiu do xadrez, na manhã seguinte, tinha açambarcado todas as iras do mundo. Arquitetava vinganças tremendas contra o gambá. Todo gambá é pau-d'água. Deixaria uma gamela com cachaça no terreiro. Quando o bichinho se embriagasse, havia de matá-lo aos poucos. De-va-ga-ri-nho. GOSTOSAMENTE.

* * *

De noite preparou a esquisita armadilha e ficou esperando. Logo pelas 20 horas o sono chegou. Cansado da insônia no xadrez, ele não resistiu. Mas acordou justamente na hora precisa, necessária. À porta do galinheiro, ao luar leitoso, junto à mancha redonda da gamela, tinha outra mancha escura que se movia dificilmente.

Foi se aproximando sorrateiro, traiçoeiro, meio agachado, examinando em olhadas rápidas o terreno em volta, as possibilidades de fuga do animal, para destruí-las de pronto, se necessário. O gambá fixou-o com os olhos espertos e inocentes, e começou a rir:
– Kiss! kiss! kiss!
(Se o gambá fosse inglês com certeza estaria pedindo beijos. Mas não era. No mínimo estava comunicando que houvera querido alguma coisa. Comer galinhas, por exemplo. Bêbado.)

O carroceiro examinou o bichinho curiosamente. O luar, que favorece os surtos de raposas e gambás nos galinheiros, era esplêndido. Mas apenas tocou-o de leve com o pé, já simpatizado:
– Vai embora, seu tratante!

O gambá foi indo tropegamente. Passou por baixo da tela e parou olhando para a lua. Se sentia imensamente feliz o bichinho e começou a cantarolar imbecilmente, como qualquer criatura humana:

– *A lua como um balão balança!*
A lua como um balão balança!
A lua como um bal...

E adormeceu de súbito debaixo de uma pitangueira.

OXICIANURETO DE MERCÚRIO

O botequim era relativamente limpo e alemão. Mesas quadradas, com toalhas de riscas largas em retângulos vermelhos e azuis.
 A orquestra chegava de fora pelo cano baixo do corredor, valsando molenga ou foxtrotando esperta ou maxixando safada. Uma janela única, estreita e alta, de ferro e vidro, de onde não espiava nenhuma lua mas sim outra janela com grades sobre a área exígua. Dentro das quatro paredes tinha vozes, gudes, glu-glus, até gritos de vez em quando, sonoridades escorregando no teto gorduroso. Do teto pendia uma grande lâmpada azul, que costumava oscilar condescendentemente à vontade do freguês, depois de numerosos chopes. Ondas longas de sons se quebravam contra ondulações de fumos, suores, arrotos.
 Postado na mesa a um canto, o homem de boné exibia, na fachada torva, imensa raiva concentrada. Uma resolução perfeitamente cinemática de matar, ou de morrer, ninguém sabia. O garçom servia o décimo chope duplo para ele.
 – O senhor bebe um pedaço.

– Bebo chope e cerveja e vinho e cachaça e tudo quanto for bebida. Beber um pedaço é burrice. Nada significa.*
Adolescente franzino, o garçom exagerou a palidez sofredora e se afastou ruminando vinganças impossíveis. Envenenar o undécimo duplo, por exemplo. Se considerou satisfeito só com o imaginar o malcriado estrebuchando no chão, intoxicado.

* * *

O homem bruto era respeitável de arcabouço: um bruto homem. Se colocara no seu canto magneticamente contra os outros bebedores, como a fera acuada, pronta para a reação. Os outros bebedores, entretanto, nada percebiam. Um boche com duas bochas louras, três silêncios para a ingestão mais gostada dos chopes. Caixeiros, estudantes, funcionários públicos, operários, desvios, humanidade. Mas havia dois rapazes na mesa próxima ao homem terrível, que não tirava os olhos deles. Neste momento chegou o terceiro rapaz coitado. Parou na porta, pesquisando o ambiente com o olhar.
– Chegue, Amâncio velho.
– Olá!
Veio. Um abraço entre o que chegara e aquele que o chamara festivo. E apresentação sem-cerimoniosa para o outro, com um tapinha nas costas:
– Gustavo, o Amâncio é um camaradão.
– Exagero. Um criado de você.

---
* Para melhor entendimento da narrativa, acentuamos que este personagem tinha no bolso do paletó um papel perfumado e fuxicado: "Besta!!! Até a volta, vou simbora pra bem longe, nunca mais me verás! Antes não gostar da gente do que gostar como você me gosta com esta animaleza assim sem indução nem nadas, ti deixo sem Saudade! nunca mais você me bejará não, é bobagem percurar; quando receberes esta já vou longe... Adeus de tua *Ermíria*".

— Criado qual o quê. Besteira! Criado serve à gente, e você é capaz de servir a ele?

Era o de boné que se intrometia na conversa deles, ríspido, direto, brutal. Os três se interrogaram baixinho.

— Quem é?

— Sei não.

— Nunca vi. Um besta qualquer.

Silêncio cacete. Mas Amâncio trazia no rosto, nos olhos, na boca, uma inquieta alegria de viver. Contudo, lívido, gordo, olhos empapuçados, olheiras. A gordura dando impressão de flácida na lividez doentia. E agora falava que falava:

— Pois é isso, meninos. A gente ganha amor à vida só depois que enxerga a morte pertinho. O meu caso. Vou contar a vocês como foi o meu caso. Como me curei.

— Curou-se nada. A sua cara é de doença. Não queira se iludir.

O homem intratável e audacioso se interpunha novamente. O falador Amâncio engoliu em seco a repentina amargura. Calou-se uns minutos até de olhos meio molhados. Depois murmurou para os companheiros:

— Se ele continuar assim, eu reajo.

— Não vale a pena.

Nova mudez paulificante. Mal-estar. Os alemães depois do quinto chope disseram três palavras: deviam ser três palavras. A loura mais moça, mocinha, tinha a boca em forma de beijo. Minto: em forma de desejo. Tirava umas linhas internacionais com o caixeiro mais próximo, elegante moreno, que punha muito de indústria o trópico nos olhos. Dominando os outros ruídos, começou, hesitou e cresceu um ronco. Um sujeito rigorosamente de preto dormia, na mesa seguinte, sobre alguns livros regados pelo chope do copo tombado, servindo de travesseiro, aliás mais do que incômodo.

— Quem é aquele sujeito, hein?
— Sei não.
— Eu sei. É um talento. Um talento desperdiçado, coitado. Traz sempre obras de clássicos para ler nos botequins. Muita cultura.
— Ah.
— Que talento, que nada! Basta um indivíduo ser pau-d'água para ficar com fama de talento e de cultura. Ora essa.

O homem terrível interrompera ainda uma vez a conversa deles. Decididamente não podiam continuar assim. Não poderiam.
— Vamos dar o fora?
— Absolutamente. Covardia... Vamos ficar.

Amâncio ordenou com energia que ficassem, e olhou nos olhos longamente o de boné, desafiando-o. Mas este pareceu não reparar no desafio e tirou do bolso um papel de carta, verde, muito fuxicado.

* * *

Amâncio, depois de curto silêncio, tomando voz forte e segura, principiou:
— Vou contar a vocês como me curei. COMO ME CUREI. O Chico aqui sabe como é que eu estava, magro, ansiado, dores insuportáveis no estômago, pernas bambas, um caco.
— É. Fui te visitar uma tarde e você tinha acabado de jantar e estava na cama gemendo, quase gritando de dor. Sua mãe estava perto da cama e com uma cara, coitada...
— Durante toda a doença a velha me chateou com excessos de cuidados. Que é que se há de fazer: mãe da gente... Mas, como eu ia dizendo...

(Dias antes, muitos dias antes, uma velhinha precocemente envelhecida, enquanto a noite descia metodicamente, rondava o leito de seu filho, que gemia de dor. O quarto era modesto, e a lâmpada, amarrada com barbante à cabeceira do leito, estremecia com os gemidos. A sombra da mãe na parede mudava grotescamente de forma, o nariz ficava ainda mais comprido; e o lenço de vez em quando desmanchava inteiramente o perfil, tapando os olhos onde as lágrimas não davam sombra, silenciosas, ignoradas, irresolutas.

– Deve ser apendicite.

– Não é apendicite não, mamãe, e a senhora não é médico para saber o que é. Por que a senhora fica aqui? Vai embora. Fica aqui me olhando sem remediar nada, enquanto eu estou sofrendo desta maneira!)

– ... fui consultar um médico. Um exame minucioso, prolongado, cheio de termos difíceis que não curam ninguém. Depois ainda foi preciso raio X, exame de sangue, análise do suco gástrico, o diabo. E quando afinal de contas, o médico disse que era, tinha quase certeza, uma úlcera sifilítica no estômago, vi a morte pertinho de mim.

– É a morte certa, não é, doutor?

– Não. Um tratamento intensivo e regular pode curá--lo. É começar já!

Se animou na narrativa. Talvez curá-lo... Injeções intramusculares de oxicianureto de mercúrio combinadas com endovenosas de neosalvarsan. Isto é, 914. Dieta e fastio. Magreza e tristeza. Em redor a vida boa, linda, convidativa. O sol vinha sempre pintar de branco luminoso as paredes brancas do quarto. O carroceiro passava sempre na rua entoando cebolas com frangos. O piano da vizinha da frente sonorizava sempre o crepúsculo com um tango sentimental. Mandou pedir a ela um maxixe pelo amor de Deus, e ainda foi pior: maxixe tinha mais vida, a vida que ficava... Entretanto, ele, magreza, tristeza. A morte cada vez mais perto... Nem sinal de melhora.

O homem terrível guardava de novo o papel fuxicado mas nem estava ali: o pensamento longe, num vago trem de ferro que seguia para um vago lugar. Ermínia...

— De volta do consultório médico, eu encontrava a família em congresso para me interrogar: cada injeção tomada parecia que ia me sarar de uma vez, e minha mãe me acabrunhava de perguntas e de caldos intoleráveis. Momentos em que eu desejava ser só, para fazer o que me desse na telha. Deixar de tratar-me. Cair na gandaia. Morrer mesmo. Qualquer coisa, contanto que escapasse daquele estado e daquelas preocupações.

> (Muitos dias antes, pelas 22 horas da noite, quando a casa se aquietava de todo, a sombra com treinos sutis de alma do outro mundo que não fazia o menor ruído — e tinha um corpo alto e devastado pela dedicação —, a sombra aparecia mansamente no quarto do moço doente. A lâmpada envolta em papel verde iluminava as rugas que se emaranhavam como mil caminhos inúteis, mil gestos vãos, mil impulsos inutilizados, no rosto acabado.
> — Amâncio, você está dormindo?
> — Estou sim, mamãe! Há duas horas que estou dormindo. Que mania de me acordar toda noite com esta pergunta boba!)

O homem de boné se levantou da mesa e foi eliminar chope na porta do fundo. A narrativa continuou.

Desanimara então, pois melhor morrer de uma vez do que aos bocados, não é? A ideia de suicídio veio porque até os mingaus estavam causando dores insuportáveis. Só morrendo. Porém o suicídio no fundo é uma cretinice muito grande, uma exibição para efeitos póstumos. Quanto à morte, a família tomava um choque, muito choro, e depois se acostumaria: tinha certeza disso, uma vez que fora assim com seu irmão Aurélio, que morreu na gripe de 1918...

(– Meu filho, já fiz três novenas à Senhora de Lourdes, para que ela te cure. Ela há de te curar.

A mãe estava sentada na cadeira perto da cama, e quase nem respirava, para não perturbar o filho. Senhora de Lourdes! Ele estremeceu porquanto se embrenhara no pensamento do suicídio, de que ela o tirava com a Senhora de Lourdes. E o inferno? Lembrou-se do inferno. Uma vez, a respeito de notícias que vêm nos jornais, sua mãe lhe havia contado que os suicidas vão para o inferno. E na consciência dela, seu filho estaria para sempre no reino dos demônios. Não: era preciso ter paciência. Pobre velha... Mas, no leito como no bar como no fim do mundo, a distância permaneceu a mesma entre os espíritos.

– Continue a rezar, mamãe, que terá muitíssimo proveito...

– Ah, meu filho!)

O homem de boné voltou enxugando as mãos no papel fuxicado, que atirou no chão, ao pé da mesa. Escutava agora a Amâncio, com um sorriso leve, meio amargura para a vida, meio ironia para o rapaz.

... Foi um jornal que lhe forneceu a solução exata para a sua miséria. A morte de uma jovem na qual um estudante de medicina injetara, por engano, cianureto de mercúrio destinado a curativos externos. Uma ideia engenhosa. Ninguém desconfiaria de que ele havia morrido voluntariamente. (A velha não se impressionaria com o inferno.) Colocou na caixa, entre as ampolas de mercúrio curativo – curativo! – o mercúrio mortal. Oxicianureto. Cianureto. Mais questão de dosagem que de nomes, e a libertação... A coisa demandara trabalho, tempo, paciência. Cortou a ponta, uma pontinha apenas, da ampola do remédio irremediável, a esvaziou, a encheu outra vez com o veneno, fechou a pontinha na chama do álcool. Toda uma caixa de injeções gastas em experiências infrutíferas, e com que dificuldades. Finalmente a ampola mortal, igualzinha às outras. Não se botaria reparo em uma das extremidades um pouco menor. Mesmo que reparassem, quem é que adivinharia que a morte estava guardada lá dentro?...
– Ó seu garçom de fancaria, traga meu chope. Há duas horas que estou pedindo!
O homem terrível reclamava com murros na mesa o inumerável chope. O garçom veio correndo. Amâncio continuou.
... As injeções intramusculares de mercúrio eram de dois em dois dias. – Você tem melhorado? – Tenho, um pouquinho. – A coisa vai devagar. – É. Vai. Há de ir...
Ele não queria ver nunca a ampola que a mão despreocupada escolhia para injetar o líquido. Fechava os olhos, face contrafeita, parada, um desprendimento... O ruído da água fervendo no esterilizador era imenso, era imenso. A serrinha que serrava o bico da ampola talvez serrasse a vida dele. A picada rápida e fina da agulha doía agudamente nos nervos, na alma, como ferro em brasa. A morte está entrando talvez no meu corpo...

Porém a morte não entrava. Mais dois dias e o médico outra vez, risonho e sadio. Dispunha a caixa sobre a mesa, ligava o esterilizador. A água em breve borbulhava e o ruído ia enchendo o consultório, ia enchendo a casa, ia enchendo o mundo tão bom mas que era preciso largar miseravelmente. O médico era conversador. – Você pode sair. Passear de vez em quando, mesmo à noite, desde que seja sem excessos. Pode ir ao cinema. Ontem passaram uma fita impressionante de Lon Chaney. Ele morreu no fim de um modo horrível. Estraçalhado.

Ouvia a morte cinematográfica de Lon Chaney enquanto a morte real entrava na sua carne, doendo feito ferro em brasa, feito uma fogueira, feito o mais cruel dos martírios...

(Descia de bonde na avenida pedregosa. De longe via à janela a cara envelhecida nas expectativas fracassadas.
– A injeção doeu muito hoje, meu filho?
– Doeu sim. Dói todos os dias. Que mania de perguntar! Dói como o diabo.
– Oh, meu filho, não fala esta palavra...)

... A morte contudo não entrou mesmo não. Restava uma ampola única. A última... Fechou os olhos, a face contrafeita, parada, um desprendimento... O cheiro de iodo era o último perfume que levava da vida. A água borbulhando era o último ruído, a seringa agitada batendo no metal do esterilizador... Não: era a serra serrando o vidro... Ainda não: era a voz do médico, uma fita de Charlie Chaplin... – Dizem que Carlito é um gênio do cinema. Palavra que eu não acho. Mas às vezes ele tem graça. Ontem, por exemplo...

O médico se aproximou rindo da lembrança da fita cômica de Chaplin e trazendo a morte libertadora dentro

da seringa. Ele estendeu o braço, pronto para morrer. Morrer... O braço como que maquinalmente se ergueu de arranco e a seringa se espatifou no soalho.
– Que é isso! – Nada não, doutor. Vou acabar com esta geringonça de tratamento. Se tenho de morrer mesmo há de ser gozando a vida... – Que loucura! – Loucura nada, doutor... E deixara o médico de cara à banda...
– E o seu pessoal, Amâncio?
– A família naturalmente não concordou com a minha resolução, mas teve que aceitar o fato concreto. Quem manda em mim sou eu.

(Na pequena sala de jantar, com um abajur pretensioso de organdi vermelho, a velhinha ficava sentada na cadeira de balanço. Mas não se balançava, para não despertar o marido e as filhas. Até uma, duas, três, cinco, seis horas da manhã, com badaladas no relógio ancestral inexorável de meia em meia hora. A chave hesita na porta da rua, os passos hesitam na saleta, Amâncio aparece na sala de jantar olhando-a com os olhos esgazeados de ébrio.
– Que besteira, mamãe, ficar me esperando todas as noites!
– Meu filho, você acaba morrendo, nesta vida...
E o olhar fundo de tristeza. O ébrio bamboleava nas pernas.
– Morro, não: já morri. Acabo de sair do cemitério para dar um passeio pela cidade. É o que lhe digo, mas não conte a ninguém: trata-se de um segredo escandaloso, um problema de mercúrio, de sífilis hereditária e de bebedeira. Sim, mamãe: de bebedeira. Aliás,

o Chico é um pândego que tem piadas notáveis... Juro que já morri!

A velhinha o conduzia mensamente para o quarto. O filho lhe arrotava no rosto bebidas, vergonhas, obscenidades fermentadas.

Era assim todas as noites.)

Amâncio concluiu:

— Loucura ou não, aqui estou eu. Três meses e tanto já se passaram e não sinto mais nada. Não sofro de nada.

Um sorriso vitorioso de dono da vida arrematou a narrativa. Bebeu um chope de uma vez, e tentou quebrar o copo contra a mesa.

— Gostei da mentira. Você tem muita imaginação.

O homem de boné comentava sarcástico. Amâncio mandou para ele um olhar rápido de cólera que já não podia se conter:

— Imaginação é a mãe!

O homem se tornou a fera de um salto, a navalha rebrilhando, faiscando na mão. Amâncio recuou num pavor, empurrando a mesa até na parede, quase deitado de costas sobre ela, os braços agitados com desespero.

— Não deixem ele me matar! Pelo amor de Deus não deixem ele me matar!

Mas a fera forte desvencilhou-se, o fio frio riscou fundo o pescoço, o sangue esguichou no atoalhado encardido. O assassino cambaleou como também ferido de morte.

— Minha nossa Senhora, eu matei ele! Um médico para salvar ele! Um padre para salvar a alma dele!

As quatro paredes tremeram com o mesmo brado de revolta:

— Lincha! Lincha ele! Lincha o bandido! Lincha ele!

— Mas que falta de gramática! — exclamou o sujeito de preto acordando e levantando a cabeça de cima dos clássicos, queimado com tanto barulho.

O HOMEM NA SOMBRA OU A SOMBRA NO HOMEM

"**E** louco ao longo do caminho corre o trem!" – Você deve modificar este *louco ao longo*, que não é onomatopeia mas sim cacofonia. Imita muito mal o barulho do trem e não presta como imagem. *Louco ao longo, louco ao longo...* Trem não é louco não, regra geral. Um exemplo perfeito de onomatopeia...

Que importa se mal apreciado: Ricardo se encantava com o ver-se apreciado pelo redator-chefe, poeta consagrado por geração e meia de sofredores e que se desfazia em conscienciosas explanações da mais pura arte poética. Ricardo se distraiu, tão inchado que nem podia prestar atenção... Cacofonia. Caco-fonia. Fonia em cacos. Descobriu de repente que tinha também uma cacofonia no seu nome: Ricardo Dutra. Está aí, não devia se chamar Ricardo, mas outro nome, Antônio, por exemplo, que não seria cacofônico.

– Contudo, você tem jeito para a coisa, Ricardo. Continue. Conserte os erros que eu publico o soneto.

– Obrigado, dr...

Ricardo guardou os versos no bolso da capa de gabardine e foi sentar-se na mesa de revisão, porque ele era revisor do jornalzinho, debaixo da escada que levava ao andar de cima. Uma porta à esquerda deixava entrar

a algazarra dos tipógrafos lá dentro da sala deles, trabalhando e conversando. Ricardo pensou: se proibissem tanta conversa não tinha tanto pastel. E bocejou. Mas o ruído arranhado da pena do redator-chefe dominava a algazarra, na salinha da redação-revisão. Só a pena que corria: o resto tinha um ar de vagareza, lentidão, melancolia. Ricardo levantou-se para novo momento de intimidade literária. A pena parou.
— Dr., uma coisa.
— Diga.
— Não é mais verso não. Tem no meu nome uma cacofonia. Ricardo Dutra... do Du... Queria passar a assinar Ricardo M. Dutra, para nome literário. Menezes é o sobrenome de minha mãe.
— Pois assine.
— Mas...
— ?
— Fica meio esquisito.
— Pois não assine.
— Obrigado, dr...
A pena continuou. Ricardo sentiu a dor subir para os olhos. Poeta... Felizmente o conferente Temístocles apontou na porta do fundo: boa noite, senhores; foi às oficinas buscar as provas e se abancou automaticamente em frente de Ricardo.

"Ainda ontem afirmávamos nestas colunas que a avacalhação nos arraiais políticos era..." Ricardo se consolou enquanto enchia de letras e sinais as margens do papel. Afirmar. Afirmativa. Tudo era dúvida, incerteza, estupidez. O mundo. Temístocles notou que solicitar estava com dois *ll* no original. O cúmulo. Gozaram.

— Depois, Coração de Leão, o *M* no seu nome não tirava de todo a cacofonia... do eme du...
— É verdade, dr...

Fora o auxiliar de redação, gordo e alegre, quem lhe botara o apelido de Coração de Leão, reminiscência cinematográfica de Wallace Beery e de estudos ginasianos de história universal. E o redator-chefe dizia Coração de Leão sempre que queria provocar a volta da ternura amiga que boiava habitualmente nos olhos de Ricardo. A pena tinha parado definitivamente aquela noite: o redator-chefe foi na sala dos tipógrafos (a algazarra se calou) entregar o derradeiro original e o espelho para a paginação, sempre um gosto. Se retirou depois de capote e cara dolorosa. Até amanhã.

Ficou somente a voz de Ricardo cantando as palavras dona da salinha. O jornalzinho fazia oposição cerrada, exasperada. Porém a violência das palavras não influía no tom de voz, que se arrastava horas, ia mecânico na noite. Até o friozinho da madrugada. Permaneciam então calados e tristes, revisor e conferente, à espera das últimas provas. Para cochilar cobriam as caras com jornais abertos, contra a luz imensa de oito lâmpadas modestas. Dentro da cidade adormecida parece que toda luz apagada se vinha juntar nas oito lâmpadas modestas da salinha. No friozinho da madrugada é que o Chico, tipógrafo vesgo, vinha pedir para ser dispensado das segundas. Às vezes, porém, Ricardo gostava de bancar o enérgico para com ele. Naquela noite foi assim: que devia exigir terceiras, quartas, até quintas provas, porque a responsabilidade dos gatos era dele Ricardo. O vesgo se irritou, uma vontade de dizer nomes feios, e foi corrigir os paquês.

* * *

Ricardo mandou Temístocles embora, enquanto esperava as segundas provas do Chico. E foi esvaziar a bexiga. Na porta que dava para o pátio inútil, cheio de mato, com varais onde a família que morava no sobrado despendurava a roupa lavada. Havia nesse pátio um barracão com aparelhos próprios; mas não tinha luz e os empregados do jornal preferiam a escada com cinco degraus de cimento, na porta olhando a casa da outra família, que ficava para além do muro, a uns dez metros, com uma janela aberta e iluminada até às 22 horas. Mijava-se do patamar e o líquido tombava indiscreto nos degraus ou no capim embaixo. Sobre a cabeça, o céu longínquo e puro. Momento sem preocupações mesquinhas e com uma certa solenidade de que ninguém desconfiava.

Da casa cheia de luz não se via nada na sombra. Mas da sombra se viam as moças reunidas na sala de jantar, que devia ser, bocas sorrindo, palitos, despenteamentos, bocejos, axilas, a menininha de cabelo ventania dançando o charleston sobre a mesa ao som do gramofone portátil com risos e palmas, bocejos cronométricos, o fechamento da janela para o mistério fecundo ou estéril da noite repousada.

* * *

O senso da oportunidade é o característico do bom narrador. Eu, por exemplo, cheguei no momento preciso de narrar, na vida geralmente apagada de Ricardo Dutra, uma série de acontecimentos decisivos ou definitivos. Aquela madrugada, quando Ricardo foi verter água no patamar, tinha ainda luz na casa em frente de seus olhos sonolentos. Luz e silêncio. Duas velas ardendo de cada lado de um crucifixo de ébano ou de ebonite. E mais silêncio. A morte.

O calefrio percorreu a espinha dele, desceu e subiu. Uma força ou curiosidade levou-o entre o mato rasteiro até o muro, a três passos da janela. Um pranto, soluço pequeno, metódico, modesto, vinha, perdia-se, voltava.

De vez em quando alguém assoava o nariz. Ficou escutando. Sofrendo. Súbito se lembrou de que os paquês já podiam estar corrigidos.

Na salinha tirava os carrapichos das calças matutando quem teria morrido naquela moradia tão íntima deles. Aliás pouco lhe importava saber. Como tudo neste mundo... Mas o tipógrafo Chico, quando veio trazer as segundas provas, respondeu que sabia: uma das moças, gorda e alegre, de cabelos pretos e dentes pequeninos. Mordedores. Um pedaço, coitada. De operação, no hospital. Ah.

* * *

Indo para casa, levantada a gola da capa e a ponta do nariz de gelo, se lembrou de que o dia seguinte seria o dia do pagamento. O gerente avisara... 150$000 mensais como revisor do jornalzinho. 21 anos. 120$000 para a pensão, 8$000 para a lavadeira, 22$000 para cigarros, etc. Vida safada. Tinha a família numa localidade problemática, de onde lhe chegava o dinheiro para os estudos e para a roupagem moderada. Vida... Caçou outro adjetivo ainda mais cru e o que lhe apareceu na cabeça foi a cara da vizinha morta, nítida e risonha como num filme. 22 anos. Morrer tão cedo. Palavra que fazia dó. Mais velha um ano do que ele, talvez um pouquinho gorda, mas bem boa. Às vezes, vindo ao jornal durante o dia para receber, tinha passado junto dela, que se debruçava na janela da rua, olhos dados de mão beijada aos transeuntes, a mão direita sustendo o decote. Olhara-o com determinada curiosidade. Parece que até com simpatia. Mas bem boa.

A madrugada vibrou com o entusiasmo lancinante de um casal qualquer de gatos no quintal ou no telhado, ninguém sabia, debaixo do céu cheio de mundos fecundos. Ricardo, estão matando um recém-nascido, ou o expuseram ao frio de um patamar onde se mija, e o pobrezinho uiva de dor enchendo a noite toda; olha o coitadinho esperneando, e o sangue lhe escorre do umbigo rebentado. Ainda se pudessem levá-lo para o anfiteatro de anatomia... Mas que tolice...

Trabalhando até de madrugada e se levantando cedinho para as aulas, acontecia a Ricardo dormir em pé, andando pela rua altas horas, e tropeçar no meio-fio ou num sonho estapafúrdio.

Os gatos continuavam a gemer. Mas bem boa. Quase toda madrugada era assim. Aqueles gemidos tinham um efeito doentio na carne de Ricardo, bêbedo de sono como de álcool. De repente foi dominado por um pensamento monstruoso. Que talvez nem mesmo fosse monstruoso. Se a simpatia ocasional se houvesse acentuado. Se a janela se houvesse aberto alta noite com luar, e um braço redondo e ardente tivesse feito um chamamento para o patamar, onde ele Ricardo estaria de pé como um demônio irresistível. Escalaria o muro, a janela, as conveniências sociais. Agora ela iria guardar no sepulcro o segredo intenso do amor fora da lei, e a morte haveria evitado para ambos as complicações humanas decorrentes da divina loucura.

* * *

Tirou a roupa, rezou de joelhos, se deitou na cama que rangeu. Rangeu. O sono veio vindo. Veio vindo um arrastar de chinelos pela escada, pelo corredor. Que é que estaria fazendo dona Mariinha a uma hora daquelas. Batiam na porta devagar. Devagarinho. Ricardo. Seu Ricardo. Ricardo, quero morrer de amor. Deu um pulo da cama e abriu a porta com estrondo. A dona da pensão, 52 anos e mil aperturas, sorria para ele na meia sombra maternalmente. Com óculos. Que é isso, seu sonhador. Se deitasse de novo. Maternalmente: era esse o advérbio que usava para os pensionistas bons pagadores. Deitado de novo, escutou. Dona Mariinha queria apenas falar a respeito do pagamento. No dia seguinte ela teria uma precisão, um compromisso, uma promissória. E tinha que sair de manhã para liquidá-la... Bem sabia que ele, mas, era porque, bem, para bom entendedor, queria ver se... Pois era só no dia seguinte que ele Ricardo ia receber o ordenado no jornal. Assim mesmo servia.

Quando a quinquagenária se retirou fechando a porta com macieza, Ricardo tratou deliberadamente de dormir. Tratou apenas. No fim de meia, de uma hora, se levantou, se vestiu, saiu para a rua. Só então notou que a madrugada tinha febre, ou devia ter, porque o friozinho desaparecera. Desceu a rua, passos largos, resolutos.

* * *

Encontrou aconchego tão gostoso que se deixou ir até pela manhã. A nacional Maria Triste devia seu nome de guerra à tristeza de seus olhos grandes, jabuticabas merencórias, com olheiras monacais, e naturais. Se enroscava nas cobertas, sorria com pivôs e abandono, envolvendo-o num olhar impossível de carinho, os beiços bicolores pelas falhas noturnas do ruge, o cabelo amoroso quadruplicado de volume. Depois virou-se para o canto, indiferente. Ricardo observava a mulher pelo espelho. Bocejos exagerados: ganhar tempo. Vestia-se devagar. Deu, desdeu, tornou a dar o nó da gravata, pensando por que é que seria aquele nome – horizontal, empregado pela imprensa. Não atinou com o porquê, nem tinha calma para pesquisá-lo, não. Devagar. Devagar, mas não teve remédio: o momento das explicações que desconsertam o mundo chegou. Estava sem níquel. Ora filhinho, que bobagem, tinha sido a tal de simpatia.

* * *

Nunca a aula de anatomia lhe parecera mais saborosa, franqueza!

* * *

Escovou meticulosamente o terno de roupa e sorriu. Na gerência do jornalzinho – o gerente era grave, gordo e rosado – recebeu os 150$000 mensais e sorriu. O dia parecia também estar sorrindo; mas, mesmo que não estivesse... Foi flanando como quem está sem rumo certo. Os braços de Maria Triste eram redondos e acolhedores, beiços com beijos visguentos, um hálito de dentifrício. Ricardo falou que ela estava bonita pra burro. Boniteza não põe mesa, meu bem. Ele se levantou, foi buscar o paletó na cadeira e mostrou o dinheiro, carinhoso e vitorioso. Maria deu um muxoxo de pouco-caso e chamou-o para se deitar novamente.

* * *

Maria Triste estava triste de verdade. E lenta. Olhos olheiras no vago, carinhou com a mão lenta o peito dele, o braço, o queixo. Descobriu as medalhas debaixo da camisa de meia. Perguntou com infância que é que era aquilo. Medalhas. De Nossa Senhora do Perpétuo Socorro. De Santa Terezinha. Do Menino Jesus. Um pequeno crucifixo.

– Foi mamãe que me botou elas no pescoço.
– Você acredita em Deus, filhinho?
– Acredito sim.
– Eu também acredito.

Veio um silêncio. O ventinho mudo sacudia os estores amarelos ou encardidos, ninguém sabia, espantando os mosquitos. A serra de uma lenharia tomava conta da claridade quente lá fora. Maria suspirou; perguntou se ele rezava. Rezo sim, todas as noites, três ave-marias e um padre-nosso, pedido de mamãe. Então vamos rezar juntinhos uma ave-maria, filhinho. Nem reparou que Ricardo julgava que era deboche e sorria incrédulo. Ave Maria, cheia de graça, o Senhor é convosco, bendita sois vós entre as mulheres e bendito é o fruto do vosso ventre, Jesus... Santa Maria Mãe de Deus, rogai por nós pecadores, agora e na hora da nossa morte, amém. Ricardo secundou ressabiado, esquisito, e as palavras subiram limpas para os ouvidos do bibelô nuelo que sorria... Padre Nosso, que estais no céu, santificado seja vosso nome, venha a nós o vosso reino, seja feita a vossa vontade, assim na terra como no céu. Ó pão nosso de cada dia nos dai hoje... Ele interrompeu corrigindo, aliviado do mal-estar que o tomara subitamente. Não senhora: *o* pão nosso. Não se tratava de uma invocação ao pão de cada dia, mas de objeto direto. Nos dai hoje *o* pão de cada dia... Ah. Maria não entendeu e sorriu irônica. Seu professor. Depois perguntou se ele não rezava salve-rainha, tão bonito, tão triste. Ele se havia esquecido dessa oração, quase. Começou a rezar para que ele repetisse palavra por palavra. Salve Rainha, Mãe de Misericórdia, vida, doçura, esperança nossa, salve! Ricardo olhou. Parecia uma freira mártir mãe santa mulher miséria clamando com a voz de humildade e ignorância no esplendor brutal do dia impiedosamente quente, do mundo impiedoso. Ricardo repetia em voz baixa. E depois deste desterro (o mundo, pensou) mostrai-nos a Jesus, bendito fruto de vosso ventre, ó clemente, ó piedosa, ó sempre virgem Maria! Rogai por nós, Santa Mãe de Deus, para que sejamos dignos das promessas de Cristo... Acabou num suspiro profundo. De profundezas seculares, inconscientes, ignoradas – Ricardo sentiu. Quando ela se voltou para ele, foi sua vez de perguntar. Uma piedade. Por que é que ela tão assim levava aquela vida horrível. Maria Triste ficou ainda mais triste, da cabeça aos pés. Ora por quê, seu bestinha. Pergunta para esta pulga por que ela me mordeu. Ou por que ela vai morrer agora...

Maria Triste bem que poderia responder a Ricardo, em traduções baratas, que heróis de romances têm feito a mesma pergunta sem resposta. Com a diferença de que Maria era mulata, além de triste. Mesmo porque:

Maria Triste, ninguém resiste
A este andar balançado, mole,
Lombeira de quem só quer da vida
Nada de nada, Maria Triste.

Pois seja honesta, Maria Triste,
Pois seja honesta até morrer.
Ah, se não fores, adeus à vida.
Não embarcarás para o céu.

O céu é uma coisa longe e triste
Para onde vão os que sofrem e morrem,
Todos aqueles que não pecaram,
Pecaram mas se arrependeram.

Vai, conta ao padre, no confessionário,
Os impulsos do teu coração.
Ele vai, diz: filha, não peca,
Que o pecado é a perdição.

Se sempre pecas, vai, conta ao padre
Que obedeceste ao coração.
Ele vai, diz: filha, arrepende,
Que te darei a absolvição.

Maria Triste, Maria Triste,
Nem fé na vida, nem fé no amor.

Só este andar balançado, mole,
Balançado, mole, balançado, mole.

Já não tem Deus, já não tem alma.
Maria Triste é corpo só.
Mas vive para o gosto de uma coisa
Que ela guarda para ela só.

Oferece a todos o seu corpo.
Magra, morena, cansada, bem feita.
Mas tem uma tristeza sem suspiro.
De que ela só gosta, goza, aproveita.

Talvez no fundo de sua tristeza,
Mole, morna, cansada, bem feita,
Guarde o sentido miraculoso
De que ela só sabe, sabe, aproveita.

Reza baixinho, com Ricardo,
Escandalizado o bibelô
(Bibelôs que tiram patente
Das purezas estandardizadas).

Morrem pulgas, morrem Marias...
Quem pode saber afinal!
E você reúne a vida e a morte
No mesmo abraço colonial...

* * *

    Para o Barreiro juntinhos. Jantar lá e voltar na frescura da noitinha, naturalmente com vaga-lumes, ninguém falou mas imaginaram logo as luzinhas inquietas na paisagem, de capota descida. O motorista não via nada para trás atento nas curas espertas chispando. Não falavam, para que isso, mas olhos de carinho, mãos ali se apertando. Era linda, boa, magnânima. Se sentia capaz de propor-lhe casamento, de casar com ela, se não fossem os ouvidos do chofer. Uma felicidade como nunca. O automóvel pequeno subia, descia, subia o risco largo aberto na verdura, conduzindo a felicidade. Maria Triste lânguida falou para correr mais, porém seu Manoel disse que já era demais e alegou mulher e cinco filhinhos, seis bocas para sustentar, ele no seu volante. Ricardo pensou em cinco, dez filhos, casinha pequenina lá no alto da colina, Maria ou outra, beiços mordedores. Beijos mordedores. Afastou a lembrança da vizinha morta, que teimava puxada pelo adjetivo. Ora a vida.

* * *

Na manhã preguiçosa, moída, Maria ofereceu o chuveiro para ele.

Achou melhor não voltar à pensão naquele dia, em que dona Mariinha lutava sorrindo maternalmente contra a nova apertura, a mil e uma, se é que era verdade. Ora a vida.

* * *

— Por que você não veio ontem?
— Doente.
— Mandar avisar mesmo, nada!
— Não tinha ninguém para trazer o recado não.
— E é por isso que você veio tão cedo hoje?
— Vim à toa.
— À toa não precisava ter vindo não.
— Também porque mesmo sozinho posso ir começando, com mais cuidado.
— Ah! isso é preciso, cuidado. Porque a revisão está uma verdadeira droga.

Ricardo foi se sentar na mesa. Os músculos do rosto organizaram um sorriso. Só por debaixo da pele. Estava inteiramente irônico. Maria se despedira dele, do pedacinho dela, no alpendre com paisagem, depois da janta, ela falava, com frango. Palitando. Se o redator-chefe soubesse. Então é que a cólera que espuma havia de espumar mesmo.

* * *

Na avenida larga, debaixo das árvores indiferentes, homens de capote silenciosos, ar de literatura russa, varriam folhas, papéis, cigarros, formigas. Arranhando os paralelepípedos com as enormes vassouras de taquara. Os burros metódicos puxavam as carroças e paravam metodicamente perto de cada montinho de cisco. Sem ninguém mandar. Ricardo teve uma pena deles. Dos burros. Porque os animais coitados não tinham culpa nenhuma.

Porém, de repente perguntou se os homens, os homens teriam alguma responsabilidade. Apressou o passo, num repentino entusiasmo, porque os braços de Maria Triste eram uma promessa de consolo e refúgio contra o friozinho da madrugada, contra o cansaço das provas lidas, relidas, lidas, contra esta vida besta. Ora querer consertar o mundo.

* * *

Só na noite. A noite só. O silêncio feito uma sombra, um fruto, uma coisa, talvez uma alma, a natureza, o amor, o pirilampo, a mariposa, ele Ricardo, sabe-se lá nestas horas: ele, o eixo do universo para ele próprio. Ou a mariposa que rodou, rodou, rodeou a lâmpada e caiu desfalecida já que não podia morrer. Uma glória humilde nos olhos úmidos. Úmidos sabe-se lá por quê. Talvez porque só na noite. Se fosse de dia, a mesma coisa talvez, a questão era o silêncio. O silêncio sem cenário, sem ritmo, sem vírgula, sei lá. Ricardo como personagem não sentia, isto é, não notava: só eu, como narrador, é que anotava a síncope e houve um momento em que herói e autor se confundiram arrastados pelo prazer indefinível e foi preciso reagir, ora essa. A culpa talvez não fosse do silêncio não, para a glória humilde que era uma plenitude fora do quarto, da rua, das árvores, do amor e da fome. Nem desconfiou que a eternidade passava por ele, rente, ali, com sua cota de ânsia e satisfação divinas. Nem que um deus de pena em punho lhe dava o instante supremo, para além do espaço e do tempo, da carne e do espírito, de um consolo profundo para a decepção insignificante e miserável, de um gozo universal jamais propiciado aos mortais, nos séculos do mundo. Orgulho babélico e tinta Sardinha. É certo que existia uma tênue lua sobre a paisagem da janelinha baixa, e o guarda, mitológico, irreal, andava de cá para lá na bruma e no vago. Pouco se me dá que o guarda, indefinido assistente da paz noturna, exista de fato, e que eu viva realmente... Ricardo se diluía. Uma sombra dentro da sombra. Reagiu também se esforçando para escapulir e pensou no dicionário popular da desilusão. Humanidade. Fatalidade.

* * *

Aliás, que diabo, bem que podia não ser a eternidade, reflexão do autor. Os autores mais conceituados, regra geral, afirmam que só tem uma coisa eterna: – o sofrimento. E era isso justamente.

Sebo! Lhe acabavam repentinamente com as ilusões fagueiras e ele assim naquela diluição sem consequência nem sentido. Sofreu. Lembrou, relembrou, com minúcias de tom e som, a voz máscula e decidida mandando imperiosamente ele embora na madrugada de desejos. Batera na porta do quarto. Que fosse acordar a mãe! Um momento ficou bestificado diante da porta. Maria, nem pio. Voltou para casa um tigre. Andando lhe dera aquilo, só na noite, imensamente só, e se pôs a assoviar improvisada música maxixe, pulo, requebro, que veio de dentro, simples, boa, racial. A alma nasceu da música, me disse um músico pernóstico, eis que a música é a essência universal genetriz. Não concordei; mas quem sabe lá. Ricardo se diluía. Reagiu. Ora bolas. Como se não acabasse de sofrer um blefe doloroso, oh! tão doloroso...

* * *

O dicionário popular da desilusão brotou de uma olhadela distraída na estantezinha de caixote de cerveja com poucos livros. Com o Dicionário Popular da Língua Portuguesa. Faria obra mesmo para o povo, porque o povo é que é. Pensa. Sofre. E acha graça. Diria todas as verdades. Por exemplo, logo na letra *a*: AMOR – simples atração sexual momentânea e variável, de que os homens querem fazer a muque um sentimento. Incluiu uma palavra cabeluda, e triunfou. Não é que estava ficando bem mais inteligente. Com ideias. E próprias. Amor... Foi tomado de súbito por uma bruta raiva, um ímpeto estático de sangue, sangueira, vingança. Matar, trucidar, esquartejar e rir depois mesmo com júri e cadeia. Que me importa a mim lá. A madrugada com gatos embalou ao contrário ele, adormentando desejos blefados, ninando. O ronco irregular ficou dono do quartinho baixo de porão. Dono do mundo.

* * *

Quando abriu a torneira, a barata começou a rodar arrastada esperneando na água que rodava dentro do lavabo. Viu-a logo e teve dó. Não porque barata não deva morrer, mas aquilo assim representava morte de martírio lento e inglório para a coitada. A última porção de água puxou a bichinha até na boca de escoamento, onde a grade impediu que ela fosse sugada para as profundidades misteriosas e mortais do cano. Descansou no fundo, tonta, agoniada, sem ânimo. De repente correu na lisura molhada do esmalte, escorregando, caindo, pelejando para atingir a borda. Em vão. Ricardo abriu de novo a torneira, hesitando: ela rodou, rodopiou na água que rodava, depois ficou de pernas para o ar, agitando lentamente os bigodes. Ricardo apanhou então a vassourinha a um canto e deixou-a dentro do lavabo. Contente.

Descontente. No almoço logo após D. Mariinha retirara o sorriso adverbioso, colocara olhos como puas. Bom dia. Bom dia. Até logo, D. Mariinha. Ia sair sem dizer mais nada, porém ela não concordou com a retirada estratégica:

– Sr. Ricardo, está sumido. Por quê?

Ah, se esquecera de explicar: tinha ido em Sabará com um amigo e não tivera tempo de preveni-la da viagem; ainda não recebera no jornal; logo que recebesse... O advérbio não voltou e os olhos pareciam ter visto coisas: se ele não podia pagar pelo menos a metade... Ora, D. Mariinha, palavra!

Na porta da rua, voltou atrás e foi pelo corredor até no quarto de banho verificar se a barata havia escapado pela ponte da vassourinha. Havia.

* * *

Maria Triste se explicou também. Ele escutou-a remoendo a cólera e bradou que tinha desejos de matá-la. Pois que matasse, lhe emprestava até um revólver, uma faca de ponta para ele cravejar debaixo do seio esquerdo...

Que delícia enxugar lágrimas.

* * *

Pensou: felizmente domingo. Pensou depois num soneto. Por exemplo. Chegou a construir de cabeça várias chaves de ouro.

> *... Amo, Maria Triste,*
> *A tristeza sem fim dos teus olhos de amor...*

Outra:

> *Oh, lírio que floresces no paul!*

Meio cretina aquela palavra paul. Paul, pol, paulo em francês. Paul Valéry. Por exemplo. Estava era com uma preguiça horrorosa de fazer qualquer coisa de aproveitável. A terra é uma gota de lama. Quem é que havia dito aquilo, quem... Ora, ora, ora. Uma bé... leza.

Pensou felizmente domingo e pôs o cigarro no cinzeiro, ao rés do bibelô nuelo que sorria. Estendido ao lado de Maria Triste, que ressonava irremediavelmente, olhou-se no espelho do guarda-vestidos dela. Nariz chato, cabelos crescidos de um mês, a falha de um incisivo, olhos vermelhos, aquela falta de cor, o terno surrado de um ano sobre a cadeira, a camisa cerzida. Contudo amo e sou amado, isto é que é. Por exemplo. Se lembrou bestamente dos leucócitos que com movimentos ameboides – â-mé-bóóÓides... eta palavra boa para sincronizar um bocejo! – papavam bactérias nocivas no corpo dele. Papavam mesmo? Papavam. Defesa. Batalha. Um mundo, Ricardo, Ricardo, nós aqui dentro de você nos matando pra te salvar, constantemente da morte, e você, nosso deus, esbanjando vida, esbanjando vida, esbanjando vida. O tique-taque do relógio. Adormeceu numa apoteose.

* * *

Enquanto a mulher de vestido rebrilhando, voz de homem, sorriso gasto de desgosto, espanholava com um fanho francês o último argentino, *Consuelo es mi consuelo*, Ricardo sentiu subir do fundo de seu ser uma ternura que era náusea e ternura mesmo. Pendeu para um beijo e o vômito acre se esparramou no colo de Maria. No vestido novo. Risos nas mesas próximas perturbaram o tango sem compostura. Maria não aguentou o vexame, coitada. Ora seu besta, que é que pensava que o colo dela era. E foi embora. Ricardo espiou ela ir, sem um movimento; pediu genebra para consertar o estômago e bateu palmas com entusiasmo para a mulher sem sexo e sem idade.

O garçom veio afinal como a fatalidade e apresentou a conta sorrindo. Só tinha aquele dinheiro que estava sobre a mesa, e pirata era a mãe do garçom, da dona do cabaré, do tenente de polícia, do pianista...

Na delegacia, o prontidão simpático ofereceu-se para telefonar. Obrigado, meu amigo. Não tinha pai, amigos, conhecidos ninguém não. Muito obrigado. Que suspiro fundo. Começara a odisseia obscura, aos pedaços, aos saltos.

* * *

Teve uma espécie de alegria dolorosa quando de manhã, à porta da delegacia, deu com o níquel de $200 esquecido no bolso da calça. Mas o café simples, simplíssimo, provocou no estômago uma dor imperdoável. O gerente do jornal respondeu que vales só depois do dia 15. Como ficasse parado e mudo, passou-lhe 5$000. De empréstimo – notasse.

* * *

O táxi estacionou junto do meio-fio e buzinou. Buzinou. Buzinou. O chefe da oficina mandou Chico saber que diabo disso era aquilo.

— Seu Ricardo, tem uma mulher de táxi chamando o senhor lá fora.
— Ela que vá a isso-assim-assim.
Chico não foi dar o recado e até gozou a resposta. Ricardo voltou atrás: vai dizer que eu não vim trabalhar hoje não. O táxi seguiu de escapamento aberto na noite larga como se o carro é que estivesse queimado com o caso; o ruído foi diminuindo, acabou-se. Para sempre. Seu Ricardo, ela perguntou se era o senhor que tinha mandado dizer que não estava, mas que deixa-te estar jacaré que a lagoa há-de secar. Ricardo não respondeu nada, e o tipógrafo ficou zanzando na salinha, espiando aqui, ali. Ricardo implicou: se ele não tinha o que fazer. O tipógrafo consultava a coleção dos jornais do mês, e estava triste, ou devia estar, quem saberia. Falou que tinha o que fazer sim, deixou passar um pedaço e se aproximou da mesa da revisão. Ricardo e Temístocles tiraram os olhos do trabalho.
— Depois de amanhã é a missa do sétimo dia da moça...
— Você é parente dela?
— Falei à toa.
— À toa não precisa falar nada não.
— É preciso dar notícia da missa...
— Que é que eu tenho com isso!
Ricardo reiniciou a leitura da prova. Temístocles grelava o companheiro de trabalho com o rabo do olho esquerdo. Dissera francamente que achava Ricardo pálido, acabado, agitado. Doente. Ricardo, porém, não respondera coisa alguma. De vez em quando na leitura a voz se sumia num pigarro e ele desapertava raivosamente o colarinho sujo, como se o colarinho fosse culpado de tudo. O Chico saíra piscando os olhos mais vesgos ainda, mas na salinha estava uma sombra atormentando

Ricardo. Ricardo, larga teu colarinho e escuta. Ricardo, por que conspurcaste minha carne morta com um pensamento monstruoso. Estou penando, penando por tua culpa, Ricardo. Ora sebo. Temístocles perguntou por que parara. Porque quisera: que fosse amolar o boi.

— Já vou, mas é preciso trabalhar, que diabo.
— Vocês todos estão chatíssimos hoje.

Se levantou de chofre, atravessou a sala da máquina, foi até no patamar. A casa da vizinha morta dormia na sombra. Ali morava a dor... Encostou a cabeça de febre no muro úmido, frio como um beijo da morta. Roupas se agitavam nos varais do pátio como almas do outro mundo. Almas do outro mundo, que tolice. Ricardo, Ricardo... Voltou à salinha quase correndo. Temístocles disse que estava cada vez mais pálido. Que fosse de novo amolar o boi.

— Já fui outra vez.

Um klaxon na distância botou mais fel no coração dele.

* * *

Quando o fiscal dos guardas veio de bicicleta, perguntou ao guarda que rapaz que era aquele dormindo ali no banco. Praça da República. Ricardo contara tudo ao guarda e este esclareceu o fiscal. Mas que asneira, só por ter pago a pensão. O guarda já pelejara para convencê-lo de que era uma bruta asneira, mas o rapaz estava teimoso e pedira para dormir ali no banco. O fiscal achou que devia acordá-lo. Antes disso, Ricardo se ergueu, botou o chapéu e declarou que se ia embora para não incomodar mais ninguém.

Entrou sutil na pensão e se deitou vestido. O catre, porém, gritava. O menor movimento de Ricardo enchia o quarto, a casa toda de ringidos das peças de madeira mal ajustadas. Ficou numa imobilidade impossível. Horas. Séculos.

Agora não tinha remédio, já não podia fugir: se aproximavam os chinelos espertos, irritados, pela escada, pelo corredor... Dona Mariinha escancarou a porta com um soco direto na fechadura, e pulou no meio do quarto com as gorduras velhas balançando dentro da camisa só. Não tenhas medo, Coração de Leão. Ela já sabia até o seu apelido de jornal, com certeza fora até lá na gerência: estava perdido. Mas procuraria ainda um jeito de dar o fora sorrateiramente, mudar-se para outra pensão naquela noite mesmo, carregando a mala nas costas.

A velha estava agora pertinho da cama, sorrindo. Quede o dinheiro, meu rico Ricardo; quede o dinheiro, meu rico Ricardo. Cantava. E na música do *fox-trot Aleluia*. Um absurdo, meu Deus... Bom, mas se se tratava de fuzarca, era com ele: tirou a mão de sob as cobertas e puxou a ponta da camisa dela. Dona Mariinha deu um pulo para trás uma fúria, arrancou a dentadura da boca e jogou bem na testa de Ricardo. Uma dor lisa no meio da cabeça vinha da nuca e não passava. A quinquagenária ficara horrorosa. Repentinamente cruzou os braços enormes e redondos e mandou uma banana para ele. Que absurdo, meu Deus. Mas já a velha, retornando àquela antiga compostura melancólica, passava a mão na meia brancura heroica dos cabelos garçones. Ricardo, Lúcia está no inferno penando por tua causa. Lúcia... E os braços gordos lhe oprimindo o peito, apertando. Que força a daquela mulher maluca. Ai...

Abriu os olhos suando, a cabeça contra o pau do catre, um pernilongo musicando o silêncio. Mudou a camisa e saiu para a cidade que despertava com galos, boêmios, cachorros e padeiros. Ricardo gritou lá do fundo: cachorrada! E quando o bonde Bom-Fim passou, viu bem visto que estava sem tostão e que não podia ir ao cemitério. Resolveu ir mesmo a pé e o sol nascente o foi encontrar já na rua Bonfim, marchando com febre. Ficou esperando no portão fechado que a morte chegasse, que a morte partisse, quê quêrêquê quê quêquê... Será que eu estou ficando doido, meu Deus.

* * *

O guarda que o acordava estranhou a pergunta: não sabia onde é que estava inumada, linguagem técnica ali, a senhorinha Lúcia Medeiros Boscaglioni. Iria ele mesmo Ricardo procurar a sepultura pois precisava pedir perdão a ela. Perdão, mas que burrice. Burrice, mas foi andando sem rumo certo até nas quadras ainda em parte desocupadas. Covas abertas praticamente à espera. Hospedagem com a máxima prontidão. Devia ter coroas, muitas coroas, indicando o sepulcro da querida morta. Lúcia, minha querida... Coroas com sentidas inscrições, diziam invariavelmente as notícias da seção LUTO, a burrice irrevogável das notícias, da morte, dele, do mundo em geral. Para que afinal aquela procura inútil e desorientada. Agora já era sono apenas, sem dor e sem remorso. Dormir. Dormir dentro de uma cova aberta daquelas, dormir, morrer, sonhar, talvez quem sabe, seu Francisco Otaviano de Almeida Rosa. Estava burro mesmo. Burro ou doido.

* * *

Prima Eugênia, seu primeiro beijo, estava no caradura. Ricardo viu a prima, quis disfarçar e descer novamente do bonde. Mas prima Eugênia fez um gesto triste chamando. Tinha queixas amargas nos olhos por trás dos óculos. Uai, prima Eugênia, não sabia que você estava sofrendo da vista. Sofrendo da vista nada, Cadito; o que estou é sentida e espantada. Nunca pensei, Cadito... Ainda mais com aquela Maria Triste que tem uma pinta perto do embigo.

Felizmente o condutor já vinha cobrar a passagem. Bem, com licença, prima Eugênia, vou cair fora porque estou prontinho da silva. Piscou para ela moleque, rolou na poeira da rua. Prima Eugênia chorou de vê-lo quebrado e caído, mas os passageiros gargalharam de gozo, os cretinos. Que dor no crânio contra o meio-fio.

A gargalhada era do guarda e o meio-fio era o anjo de mármore com cara de trouxa. Para o guarda aquilo não passava de um porre de paixão por motivo de morte. Não bebera nada. Tinha sido Lúcia, Lúcia, Lúcia, Lúcia... O guarda, criatura imprópria, deu para quase chorar também. Depois ofereceu café amargoso a Ricardo, na sua casinha, mulher e oito filhos, rua Mariana, beirando o cemitério do Bom-Fim. Como Ricardo cabeceasse apático no banco da salinha, mandou a mulher arrumar a cama e conduziu o apático para dormir, com carinho de pai. Coitado do rapaz, Joana; acho que a noiva dele morreu tuberculosa; coitado...

* * *

– Puxa, sujeito, que cara de morte. Ricardo estremeceu e quis xingar, mas controlou o ímpeto e aguentou firme o calefrio funéreo. O auxiliar de redação gordo e brincador é que exclamara assim. Perguntou se ele não estava doente. Não estou não! Mas era impossível. Ricardo respondeu com um altivo olhar de ódio em face de tanta impiedade humana. Àquela hora, a redação estava cheia de gente. O redator-chefe escrevia. O repórter esguio como varapau começou a bracejar desordenadamente, agitando duas mãos que não acabavam; depois, chafurdou num grande abatimento. Tinha um careca de óculos se rindo. Era impossível que ele não estivesse doente.

— Se eu estiver, que é que você tem com isso?

— Eu? Provavelmente nada. Mesmo que você faleça, não me interessa particularmente. Mas sou capaz de comparecer ao enterro. De vaca.

Ricardo aguentou novo calefrio funéreo, atravessou a sala da máquina, chegou ao patamar. Tinha gente na sala da casa. Ficou espiando sucumbido, desejando estar lá dentro, com direito de sofrer com eles, muito, bastante, extremamente. A moça de preto se ergueu, empuxou o corpo num espreguiçamento voluptuoso, e deu uma risada: tinham feito espírito perto dela. A menininha do cabelo ventania trepou na mesa e iniciou a ginástica do charleston, batendo palmas, ritmando com as mãos pequenas, sem vitrola portátil, uma vez que no começo do nojo os instrumentos não devem tocar, automáticos ou não... E ninguém impediu aquilo... Pelo contrário, o ginasiano de uniforme se levantou da cadeira e assoviou e cantou de mistura um fox acompanhado com galeios de corpo, para a menininha dançar melhor. Risos aplaudiram.

Imbecis, desumanos, inconscientes, cretinos, bandidos, covardes, monstros, queria gritar a revolta sem limites de Ricardo na tonteira súbita. Mas o que vale é que é o fim, a destruição, o castigo, o nada... Na tonteira súbita, um relâmpago riscou o céu de alto a baixo e a casa da vizinha morta virou um monte de tijolos, sem um grito de gente. Fritos. Um trecho lascado de parede bateu na cabeça dele, que rolou os cinco degraus e embarcou nitidamente no capim. O chão movia-se, o chão movia-se, movia-se e o sobrado do jornal se desmoronava e caía sobre ele, aos bocados, veio a janela de cima com o vaso de flores, veio o telhado com ruídos metálicos dominados pelo farfalhar das árvores, árvores, árvores, o diabo. Glória da destruição. O ginasiano tinha um pedaço de cimalha esmagando a boca onde a voz morria: breakway... break... way... Geme, negro. O diabo possivelmente é que comandava a bagunça. A nova gargalhada da moça de preto acabou num uivo: u u u i... Os tijolos, as tábuas, os pecados pesando sobre o corpo dele Ricardo, doído, todo moído. Que me importa morrer se é a morte de tudo. Uma trovoada nunca vista despejou do céu uma chuva horrorosa. A chuva era quente... Ah! isto sim, o mundo imbecil ia acabar como merecia, num dilúvio de urina. E sem arcas de Noé! Tal o seu triunfo que tentou levantar-se do chão empurrando os escombros para contemplar o arrasamento de tudo...

O tipógrafo vesgo que olhava mansamente a casa da vizinha morta desceu a escada de um salto. Ajudou Ricardo a se levantar do capim molhado. Me desculpe, me perdoe, eu juro que não sabia que o sr. estava deitado aqui...

Mas Ricardo se abraçou a ele, chorando e perdoando.

LAUS DEO

PESCA DA BALEIA*

A sereia plangente soou. Ressoou. E ao ruído monótono da máquina que o abalava de popa à proa numa trepidação contínua, o pequeno vapor costeiro ladeou cautelosamente filas de vassourinhas que surdiam das ondas à guisa de boias, enterradas nos bancos de areia movediça. Depois começou a singrar o braço de mar, mais ligeiro na boa vontade da maré enchente. De ambos os lados, baixios extensos. Um conhecedor ciceroneava:

– O farol de Pontal do Sul. A Barra, que já foi cidade. Hoje, nem povoado... O mar já lhe lambeu a maior parte das ruas. Lá estão dentro do mar os restos de uma igreja. Acolá, aquilo alvo, são os ossos de baleias pescadas.

– Pescam baleias por aqui?

– Pescaram. Há muito tempo que não aparece nenhuma.

---

* A propósito deste conto, veja-se, ao final desta seleção, a "Nota cronológica". Ao editar *Pesca da baleia*, João Alphonsus abriu o volume com essa nota. Nesta seleção, pareceu-nos melhor dá-la ao final do livro. O conto "Morte burocrática", que o autor também alude nessa nota, pode ser considerado o mais antigo conto de João Alphonsus, ainda de sua juventude; não foi por nós incluído nesta coletânea. A. H. N.

O lugarejo tristonho que a sanha do velho glutão verde ia lambendo aos bocados foi ficando para trás. Veio um trecho de praia despovoado e longo. Contrastando com o rasteiro do resto da vegetação, ou em claros de areia chocantes como calvícies, havia coqueiros, muitos coqueiros. A sereia soou de novo mais demoradamente. Chegavam. As caras acres dos passageiros se refaziam na certeza do fim do suplício. A proa embicou rápido pra ponte carcomida do modesto porto. Uma atracação demorada. Azáfama trapalhona. Gritos. Pragas obscenas. Josefino olhou. Acocoradas ao sol rijo, umas casinhas dorminhocas espiavam. Os telhados de zinco trêmulos na canícula. Um cata-vento preguiçoso rodava, gemia. Pela paisagem toda, coqueiros, muitos coqueiros, sempre coqueiros... Seu tio, celibatário obeso, negociante de madeiras, aproximou-se de braços abertos, um grande riso no carão requeimado.

* * *

Começaram os dias de pasmaceira melancólica. O tio morava em frente do braço de mar, cujas águas pela manhã corriam terra adentro e desciam à tarde, na incansável maré diária. De raro em raro atracavam na velha ponte pequenos cargueiros. Lá ficavam alguns dias numa lufa-lufa de marítimos e estivadores. Chegavam pela estrada de ferro trens de carga trazendo toros de madeira. Era toda uma riqueza que passava para os porões dos navios, aproveitando o trabalho de alguns habitantes e diante da indiferença dos outros, que viviam de pesca, da caça de mariscos, de indolência. Toda uma riqueza que ia pra longe quase sem beneficiar o pobre porto. Quando os cargueiros largavam, pejados até no convés, tudo recaía numa suprema inércia que os gemidos do cata-vento tornavam mais triste, mais intolerável...

Ele desesperava. Era ali que viera se curar do seu nojo da vida... No entanto! Percorria os compartimentos da casa, nervosamente, ou ia se deitar à sombra da mangueira que havia perto das ondas. Uma grande ânsia de se nirvanizar. De se identificar com a preguiça ambiente.

Queria agora ter contacto com os habitantes do lugarejo estagnado. Diante da sangueira do poente – um poente longínguo no baixio da outra margem, – ia largando um iate esguio. Lento, lento... Na praia a mulher de preto agitava um lenço. Josefino a olhava de longe. No crepúsculo triste, aquela saudade... Foi andando. A mulher se foi definindo vulgaríssima. O vestido preto desbotado, manchado. Os tamancos de veludo preto sujo, com bordados vermelhos. Mas o rosto moreno bonito.

– Tem muita saudade dele?
– Dele quem?
– Do embarcadiço.
– Se *tienho*. Ora! depois dele vem outro...

Rodou agilmente num dos saltos dos tamancos. Enfrentou-o sorrindo os dentes claros em que havia bem no centro uma pequenina cárie.

– Quem sabe se não será você?

Afastou-se num riso. O corpo esguio não ondulava, esguio e forte. De sobriedade masculina. A desenvoltura cínica não causara repugnância a Josefino: ali não havia alma...

* * *

A noite caía sempre maciamente depois do dia fornalha. De todos os lados o luceluzir silencioso dos vaga-lumes. Nenhum frêmito de asa retardada no espaço. Percebia-se o esmaecer gradativo da luz. Algum ruído que se ouvisse, era como uma ordem de silêncio, misteriosa e imperativa. De silêncio fecundo. De benfazejos esmorecimentos.

Irrompia nos mangues efêmeros da maré periódica a orquestração dos sapos, que só se calariam quando a maré baixasse. O sapo-ferreiro batia o compasso em tam-tans contínuos e cantantes. Noite adentro, nervermorescamente, urros, uivos, ladridos, mugidos, gemidos...
Oh! as noites infinitas do seu degredo voluntário... Insônia. Abre a janela. O vento lhe traz a orquestração dos sapos, o marulho das ondas, o cheiro da maresia. Não pode dormir sufocado pelo calor. Além do calor, há qualquer coisa que não o deixa dormir. Há pouco um rumor lhe erguera as pálpebras. Rumor? Não, coisa alguma escutara, nada sentira materialmente. Tinha sido qualquer coisa indefinível que o fizera erguer-se repentinamente como a um íncubo medievo. A tenebrosa época dos íncubos tão longe! Entretanto...

À esquina, o lampião está palpebrando morrente, – com o carbureto colocado no receptáculo calculadamente para ficar aceso até à meia-noite, mais ou menos. Nas outras esquinas os outros lampiões já se apagaram. Os sapos incansáveis nos mangues como num desespero. E o ruído rascante, rouquenho do moinho enferrujado, a cada lufada... Os habitantes dormem indolentemente resignados. Está só. Está consigo mesmo. Lhe nasce no íntimo a absurda certeza de que alguma coisa misteriosa vai acontecer irremediavelmente... Há um minuto de expectativa terrivelmente condensada. Mas nada acontece.

Vivia as noites num estado horrível. A estagnação lhe infantilizava o espírito. Voltavam temores dormidos das assombrações da meninice.

* * *

Às vezes a mulher cínica surgiu. Ouvira que se chamava Maria Araponga. Passava por ele cheirando a ervas de *descarrego* e sempre rindo à pequenina cárie.

No começo das noites quietas, com o marulho vinha de uma das choças da praia uma voz de mulher, quase metálica, cantando tão alto que nada se entendia: Maria Araponga...

* * *

Apesar de tudo, só desejava continuar vegetando ali mesmo. O tio soltou agora mesmo uma grande risada, agitando as banhas na cadeira de balanço. Havia contado a Josefino uma piada: Rodrigo Gesteira, o famoso boêmio do Salvador, que por sinal era mineiro, ia para casa de madrugada, meio cheio, sonolento. O condutor do bonde sabia que ele morava no bairro do Canela e veio avisar: – doutor, já estamos no Canela... O boêmio apenas rosnara sem abrir os olhos: – Pois quando chegar nas coxas você me avise...
O tio ria ainda. Era um bom homem. Amigo do seu dinheiro, e das piadas de Bocage, Emílio de Menezes e Rodrigo Gesteira. Tivera noitadas com o último, na capital baiana. Mas Josefino trazia somente para ali nojo do mundo, desejo de absoluto isolamento. Continuar vegetando ali mesmo, mas numa casa sua. Se não pudesse materializar-se como o tio, mandaria vir os seus livros, compraria outros. Pouco dinheiro lhe bastaria. Mas onde arranjá-lo?

O veleiro *Itã*, arribando por uma clara madrugada, trouxera a insólita notícia de ter sido vista uma baleia *aboiando* fora da barra. Era um meio... Teve uma certa hesitação, mas o explicou ao tio: esse dispôs-se a lhe emprestar o dinheiro. Um pouco, adiantado, para os preparativos. Os pescadores só seriam pagos se pegassem o cetáceo. Assim, o empréstimo não estava sujeito à sorte, garantido pelo rendimento do animal. Josefino pensava nisso, mas se sentia agradecido ao velho parente obeso. Quereria até abraçá-lo, mas não o fez. Suas ternuras repentinas e imbecis!

Agora era outro indivíduo, azafamado, quase alegre, a contratar os homens. Iria com eles. Desejava presenciar de perto, *sofrer* o arrojo dos pescadores da *sua* baleia... O tio procurou dissuadi-lo disso. Explicou-lhe a maneira audazmente primitiva daquela pescaria excepcional. Cada qual por si, caso a baleeira adernasse. E se a braços com a morte, tentasse apegar-se a alguém, este se defenderia a socos. Josefino respondeu com um sorriso calado. Que lhe valia a vida?

Na verdade, que lhe valia a vida? Não possuía forças para ironizar as feridas que a vida lhe deixara. Vinte e dois anos, e o impulso da mocidade como que se convertera em recuo, em vontade de aniquilamento. Havia naquilo naturalmente uma boca de mulher infiel e ardente. Porém ele odiava recordar estas coisas, como se lhes tirasse assim toda a pujança de uma realidade que doía na alma e no corpo... O solteirão não sabia de nada. Nem mesmo estranhara que o sobrinho viesse morar no pobre porto. Pois ele não morava ali há tantos anos?

A grande baleeira lhe foi parecendo cada vez mais frágil, enquanto o veleiro que a rebocara até fora da barra continuava o seu caminho para Alcobaça, barco que fazia o transporte de pequenas cargas e de passageiros entre esse porto e o de Ponta de Areia. Seu mestre, mediante pequena quantia, se prestara a rebocar a baleeira até à embocadura do braço de mar, pois esta navegava devagar com sua pequena vela, para chegar antes do dia ao local onde fora avistada a baleia, confirmada por uma outra embarcação. O sol ainda baixo tornava o mar faiscante. O barco se foi tornando um ponto inquieto no horizonte. A impressão de um crescente isolamento... Ponto inquieto, vela branca; pequeno, pequeníssimo, minúsculo, quase invisível. Desapareceu.

Os remeiros fizeram alguns movimentos maquinais e morosos, como invadidos pela mesma preguiça que azeitava o mar. E abandonaram os remos, inúteis ainda. Todos silenciavam pacientemente. Deixavam repousar os músculos para melhor aprestá-los à hipertensão do iminente arrojo. Cabeceavam molemente ao balanço olhando as vagas. De vez em quando, cansados da imobilidade, respiravam fundamente. Os corpos rijos buscavam novas posições repousadas. Embora afeitos à pesca, a empresa raríssima comovia-os. E os olhos permaneciam fixos nas águas, como se esperassem que a força unânime do mesmo olhar ansioso fizesse aparecer o monstro.

Josefino porém impacientava-se. Começava a sentir o cheiro desagradável dos corpos tão próximos, castigados pelo sol já impiedoso. Pôs-se também a olhar para as ondas. Procurava não pensar na precariedade da terrível aventura. A baleeira sozinha para a luta... Aqueles homens nem sabiam que os velhos pescadores de baleias, de outras raças e outros países, iam ao encontro delas nas grandes escunas que lançavam ao mar a baleeira no momento preciso... Espiava de soslaio os seus homens quietos e mudos. Para eles, sim, a vida não valia nada. Jogavam-se por pouco mais de nada. E tornava a olhar para as ondas. A oscilação parecia marcar um escorrer viscoso do tempo, ao influxo de uma pêndula gigantesca que se movesse na assonia submarina.

* * *

Os remos num ritmo heroico! João da Cruz, o negro arpoador, agigantando-se desmesuradamente na proa, meneou sobre o corpo de aço o arpão de aço... O esforço do lançamento diminuiu a arrancada... O negro teve o riso selvagem da vitória:

– ARPOADA!

O cabo amarrado ao arpão fugia na fenda feita na proa rápido riscando erres fugindo, fugindo até...! A carcaça frágil arrastada numa esteira de sangue... Os ouvidos na vertigem do vento! A cada rabanada irritada do monstro os homens esvaziando o barco inundado! Esvaziando como máquinas! COMO MÁQUINAS!

— Corta a corda! Corta!

Josefino se revoltava em vão contra o pavor incoercível, imenso, estúpido. A coragem do mestre ironizou asperamente:

— Deixa de besteira, moço.

— Corta!

— A baleia está no gato?

Um outro decifrou com absurda tranquilidade:

— O senhor paga a baleia?

Sem resposta, ele aniquilou-se no fundo encharcado. Por que aquela covardia? Podia morrer, morrer. E os séculos no vento!

— Vai encurtando o cabo... Ela não pode resistir muito tempo ainda. Prepara a lança, João da Cruz!

— Acho que é cedo. O bicho está duro!

Mas a onda repentina se avolumando sobre... E o pavor infinito...

— Corta a corda pelo amor de Deus! Eu pago...

O mestre tirou a faquinha de bordo e golpeou o cabo reteso. Os olhos desapontados seguiram a ponta da corda desaparecer...

Tinham sido arrastados durante horas para longe sem rumo. Olharam para todas as direções. Horizontes líquidos movediços, desertos na tarde. Içaram do fundo no pequeno mastro a vela molhada, para que o sol quase horizontal a secasse. E começaram a navegar vagarosamente, ao influxo do vento brando na vela pesadíssima, numa incerteza. Não, num enorme desânimo. Doía-lhes voltar sem a baleia. Mas o mestre no leme sabia por onde voltar, numa intuição assombrosa.

Subitamente veio a noite. E com ela um vento mais forte e frio, que acariciou a cara febrenta de Josefino.

– Ei, ei-ei... Vento sul! É bom ajudar no remo, gente.

– Ainda se fosse pra arrastar a bichinha, gemeu um remador bronzeado pegando sem vontade no seu remo.

Noite adentro os homens foram-se despindo. Tinham queimado o pouco que havia de inútil no barco, para atrair a atenção de alguma embarcação maior que passasse. Queimavam agora as vestes. Espectralizavam-se gigantescos e nus aos bruxuleios. O silêncio do mar noturno ganhou-os. E Josefino ausente no fundo encharcado...

Só pela madrugada enxergaram velas que se alteavam no horizonte: um veleiro que descia com um carregamento de sal para Ponta de Areia rumo de Teófilo Otoni. De bordo lançaram cordas ao mar. A baleeira foi rebocada. O mestre murmurou a Josefino que o rebocamento não era gratuito: tinha que pagar mais aquilo...

O lugarejo passara a noite ansiosamente: homens, mulheres, meninos atulhavam o porto. Os pescadores nus saltaram aos abraços. O regresso era festejado sem que ninguém notasse a falta de vestes. Josefino passou cabisbaixo, quase correndo, entre eles, e percebeu que já se ria atrás...

* * *

O olhar do tio obeso teve um brilho de cólera e amorteceu num desprezo. A mão rude botava o dinheiro na mesa. O preço da baleia, combinado com os homens. Vagarosamente. Com a lentidão de um suplício chinês...

Lá fora a alma do lugarejo estagnado escancarava-se numa gargalhada homérica.

E a mesma noite sem remédio, nos mesmos lampiões palpebrando, no mesmo cata-vento gemendo...

Perambular na sombra seria melhor do que ficar no quarto enorme, cujas paredes dançavam ao clarão inquieto da lamparina. A sombra nirvanizadora... O lampião da esquina extinguiu-se. Os outros luceluzem agônicos. Os coqueiros crescendo nos relâmpagos que feerizavam o horizonte. O céu sem estrelas.

Ia num esse de resistência contra o vento úmido. O vento sul começara rijamente, causando borrascas no alto-mar. Era o vento que vinha de sua cidade longe. Que passara pelo alpendre das trepadeiras. Pelo pequeno jardim com rosas.

Seguia agora pela estrada de ferro. Se pudesse seguir sempre! Mas aqueles trilhos conduziam a outros formigamentos da mesma humanidade odiosa...

– Que diabo! Você não enxerga?

Um relâmpago iluminou-os. A mulher de preto gargalhou um sarcasmo. É na sua voz quebrada:

– Ah, é você... Toda a gente está-se rindo de você... E medrosos comigo... nada!

Josefino atirou-a brutalmente contra a rampa. Sentiu-lhe a carne firme e quente ao contacto de suas mãos. Estava louco. Que é que queria? Caiu sobre ela e rolaram para a linha férrea, sobre a terra molhada pelos primeiros pingos grossos de chuva. Rapidamente a terra viscosa que encobria os dormentes ficou empapada. Maria Araponga se desvencilhava viscosamente dos seus braços com raiva.

– É como eu disse... Comigo você não arranja nada... nada!

Procurou fixá-la com o corpo contra o chão agarrando-se com as mãos aos dois trilhos. A claridade que os iluminou já não era dos elementos em cólera, pois foi acompanhada do grito da locomotiva que vinha puxando as pranchas de madeira. A mulher escapou num salto de felino.

– Sai daí, maluco!

Josefino não se moveu, e tinha a cara contra a terra. Não se moveria. Maria Araponga lhe pegou num dos braços, quis arrastá-lo. A máquina vinha devagar, tudo era possível. Mas foi Josefino que inutilizou o seu esforço, sem se mexer, como se estivesse colado ao chão. Houve um novo apito, violento, assustado. Ela caiu sentada para o lado, estupidificada pelo horror. Na tempestade desabada, o trem parava esmigalhadoramente...

UMA HISTÓRIA DE JUDAS

Como Sexta-feira da Paixão fosse dia santo, um dia santo extraordinário em todo o mundo cristão, o homem teve a primeira contrariedade do dia quando a mulher lhe comunicou que não havia café com leite. Só café. O leiteiro anunciara de véspera que ele descansaria sexta-feira, que os ubres de suas vacas descansariam, isto é, que não haveria distribuição de leite. Sizenando, como burocrata que era, achava naturalíssimo não trabalhar de Quarta-feira de Trevas a Domingo da Ressurreição. Mas o leiteiro, não tinha esse direito. Deixar de tirar o leite de suas vacas!

Bebeu o café simples. O líquido lhe fez certo bem ao estômago, tanto assim que sentiu uma disposição não para a alegria franca, que não era do seu feitio, mas para o humorismo. Brotou-lhe na cabeça um pensamento humorístico: – os bezerros hoje vão ter indigestão de leite; que festa para eles... Lembrou porém que a medida não era geral: haveria outros leiteiros que não respeitavam a santidade máxima do dia. Uma lástima. E um pecado. Os bezerros, afinal de contas, são dignos de uma certa consideração.

Depois que sua mulher saiu para a igreja, Sizenando tirou um cigarro do bolso do pijama de zefir estampado e caminhou para o alpendre florido de sua casa, um bangalô como outros muitos, suburbano e tranquilo. Caminhou para a espreguiçadeira: fumar sossegado, gozar a paisagem da manhã, ler jornal, produzir outros pensamentos iguais ao dos bezerros, filosofar. Fica entendido que o seu filosofar não passava além daquilo: humorismo simples em torno das vacas, da repartição pública, das mulheres alheias, com sal e pimenta. Seria um homem feliz, se não houvesse um motivo para o contrário. O jornal anunciava bailes à fantasia para Sábado de Aleluia, o que o fez recordar um companheiro de repartição, seu rival na candidatura à promoção iminente. Tal colega era um sujeito carnavalesco, chefe de foliões, e safado como poucos! Perito em traições, como Judas... Mas logo teve pena de Judas: por que comparar o traidor de Jesus àquele sujeito, se o pobre Judas não devia ser tão mau assim, coitado?

Mal formulara essa pergunta sem resposta, viu aproximar-se do portão de sua casa, olhando-a atentamente com o ar de quem almejasse lhe penetrar os umbrais, um desconhecido vestido de preto, luto por algum parente, ou respeito à tradição de se enlutar a pessoa, quando religiosa, naquele dia. Sizenando deslizou ligeiro da espreguiçadeira para dentro de casa, agachado atrás da jardineira que circulava o alpendre.

— Tem um sujeito aí. Já está batendo palmas... Pergunte o nome e venha saber se estou em casa.

A criada cumpriu a recomendação e voltou com os olhos muito abertos, cara de espanto:

— Ele disse que é Judas. Judas Iscariotes.

— É?!

O homem teve um minuto de hesitação, depois do que ordenou calmamente à criada que introduzisse o sujeito na sala. Nova hesitação, depois da qual resolveu aparecer-lhe mesmo de pijama e barba de dois dias. Para que cerimônias? Pediria desculpas. O visitante matutino

devia ser algum pândego. Ou doido? Entrou na sala com uma certa inquietude.
— Bom dia.
— Bom dia. O senhor como vai?
— Regularmente. Às ordens.

O estranho era banal e comum, embora grave e solene; nem alto, nem baixo; nem gordo, nem magro. Parecia sentir calor dentro do terno preto; mesmo cansaço, desânimo. Os olhos, no entanto, brilhavam com animação, de um modo esquisito, como se não fossem da mesma pessoa.
— Às ordens, insistiu Sizenando. Peço desculpas pela falta de cerimônia do pijama.
— E eu, peço desculpas pela importunação matutina. Sou Judas Iscariotes, ou de Kerioth, que é mais erudito e pedante. Sou e não sou. Sou o espírito de Judas invocado pelo sujeito que está sentado nesta cadeira. Fui invocado no Domingo de Ramos; tenho que permanecer no corpo dele a semana inteira...

Sizenando notou que a voz era pura, franca, simpática: como os olhos, não parecia pertencer ao mesmo indivíduo; não sendo espírita, nenhuma conclusão tirou do fenômeno presente; continuou calado, cortesmente incrédulo, sorrindo.
— Quer provas? Para um espírito, não era necessário que o senhor fizesse o homem invisível, pois se entrei aqui foi porque talvez tenha sido o senhor a única pessoa que nesta emergência anual me dedicou um pensamento de relativa simpatia. O senhor acha mesmo que não sou tão traidor como aquele seu colega de repartição?

O espanto de Sizenando foi imenso. Era verdade! Um fato real... E tão natural, com discrição e polidez, à luz do dia, que não lhe causava medo nenhum, aquela alma do outro mundo, Judas...

— A minha encarnação neste indivíduo foi divertida. A técnica é diferente: nunca apareci em sessão espírita nenhuma; quando um sujeito está realizando uma traição, nas proximidades do meu dia de cada ano, eu entro no corpo dele. Por uns dias. Este meu hospedeiro foi visitar um amigo no último domingo. Visitar a mulher do amigo, que estava sozinha em casa. No momento em que externava o seu desejo à mulher, me apossei do corpo dele, dei uma desculpa esfarrapada para não continuar o assunto e fui saindo. A esposa do outro ficou surpresa e contrariada, porque já se ia no embalo; e tive uma tentação de apanhar pedras na rua para apedrejar a adúltera, biblicamente, como no meu tempo. Mas, como dizia o Mestre, quem é que pode atirar a primeira pedra? Além disso, o calçamento era de asfalto, e eu tinha pressa de perambular, perambular, perambular... Isto faz parte dos castigos impostos a Judas Iscariotes. Mas penso que qualquer dessas traições que há por aí é muito pior que a minha.

— Eu também penso.

— O senhor assim pensa quando é o traído. E quando é o traidor? Aquela sua intriga foi malsucedida. E o seu colega tinha pistolões mais fortes... Quanto a mim, prefiro encarnar nos traidores políticos (quis variar, este ano). O terreno é fértil e simpático, pois a minha traição foi eminentemente política. Do meu beijo perjuro dependia a redenção da humanidade. Ora, eu conhecia as profecias, acreditava no Divino Mestre, sabia que era o momento de surgir o traidor. Se eu explicasse tudo isso aos perseguidores do Nazareno? Talvez lhes tivesse aberto os olhos. Preferi aceitar os trinta dinheiros, que perdi no jogo, e fazer o papel profetizado, estabelecido, benemérito. Benemérito pelas suas consequências. Sofri muito ao aceitar a imposição da profecia. Estou sofrendo ainda.

— Tenho pena do senhor.

— Que é que me adianta a sua pena? A minha tese é esta: pode alguém ficar eternamente responsável por um ato que já estava divinamente preestabelecido numa cadeia de acontecimentos inadiáveis?
— Não pode não. É um absurdo!
— Pode. Tanto pode, que estou responsável. Eu podia ter recusado o papel. E o senhor acredita no livre-arbítrio... Falou — não pode não! — quando pensava o contrário: que seria incapaz de trair como eu, com um beijo... Traidor! O senhor sabe que vai ser processado por calúnia? Jurou que o seu competidor na vaga da repartição havia feito desaparecer o processo referente ao desfalque. O processo foi encontrado no segundo escaninho da estante quarta do arquivo, lá onde o senhor o tinha escondido... O competidor vitorioso quer processá-lo judicialmente.
— Sei disso. Já procurei saber qual é a pena de prisão. Mas o processo não pega.
— Pega sim. Para mim, não existe passado, nem presente, nem futuro. Tudo é a mesma coisa. A eternidade. O senhor será condenado. E perderá o emprego, além da reputação, pois a falta é também funcional. Perderá tudo. Ficará na miséria. MISÉRIA!

O estranho visitante, de pé, se debruçou brutalmente sobre Sizenando, e os seus olhos ardentes olhavam tanto, tão agudamente, que o nosso homem sentiu no corpo uma impressão irremediável de punhais que lhe estraçalhassem as vísceras, de acabamento integral: não tinha cor no rosto, e tremia. A voz quente de Judas ciciou no seu ouvido esquerdo:

— O senhor não tem no quintal uma figueira?
— Não, mas tenho no quarto um revólver.
— Então, adeus. Até à eternidade.

Passou a porta, o portão. Na rua, parecia um homem como outro qualquer. Mas não era. Tanto não era que Sizenando foi automaticamente à gaveta onde guardava o revólver. Não, pensou; vou esperar minha mulher voltar da missa e lhe conto tudo. Os olhos eternos de Judas não saíam da sua memória; a impressão, do corpo. Será possível que eu seja a vítima escolhida para tanta perseguição, por causa de uma caluniazinha? E os outros, os outros que pululam por aí, sem processo e sem miséria!

Sua perturbação era extrema. Raciocinou: estas coisas estão absurdas, tão absurdas que só podem ser sonho; se não estou acordado e se não tenho revólver real na mão, vou dar um tiro na cabeça com este revólver de mentira, pois despertarei com o estampido. Raciocinando desse modo, com todo o seu bom-senso, Sizenando puxou o gatilho. A criada, que estava na cozinha, saiu correndo como louca na direção do quarto, ouvindo a detonação, e o baque do corpo.

O GUARDA-FREIOS

Ao embarcar pelas 7 horas da manhã em Dores do Indaiá, o guarda-freios logo despertou minha curiosidade, na plataforma da estação. Com o uniforme de ferroviário da R.M.V., lépido e desenvolto, logo se via que era o guarda-freios. Do trem que acabara de chegar. São indivíduos necessariamente magros e ágeis, para o ofício de saltar várias vezes de um carro para outro, de andar por cima dos vagões. O da estação de Dores estava conversando com a mocinha morena que só sabia rir, bons dentes! enquanto ele falava com os olhos fixos na sua boca. Fixos não nos olhos dela, como exige o namoro comum: na boca risonha, grande, úmida. Não havia uma conversa contínua entre os dois, pois estavam carregando e descarregando encomendas e bagagens, inclusive minhas grandes malas de amostras, e o rapaz se dividia entre o serviço e o amor.

O trem sertanejo viera do fim da linha, cortando o matinho rasteiro dos descampados, e a moça de vestido de seda vegetal e tamancos bordados, com a sua melhor indumentária – logo se via, já o estava esperando na estação. Não ao trem, mas ao guarda-freios que descera lépido para ela, e um abraço, e perguntas, e sorrisos. Ela não parava de sorrir enquanto ele transitava se fingindo importantemente azafamado, entre os volumes que iam enchendo o carro de bagagens e as doçuras que vinha falar a ela, parado de instante a instante, momentos inesquecíveis, como o demonstrava o riso de bons dentes.

A máquina apitou, outro abraço, parece até que ela esperava um beijo, de tanto oferecer no riso aquela boca úmida... Ficou na plataforma agitando o lenço costumeiro, lenço branco de paz, parecendo um passarinho que queria voar na manhã sertaneja, parecendo um coração que palpitava desordenadamente; coração branco, me desculpem, mas é o amor...

As viagens de um viajante comercial não comportam bota-foras, despedidas, adeuses, salvo de um ou outro freguês que está atrasado com a Casa e quer nos agradar. Por isto mesmo, pela razão da nenhuma poesia ou sentimentalidade das minhas viagens, chego quase a ficar poeta, ao lembrar um lenço palpitando na plataforma, como um coração que quer voar, para o guarda-freios... Quando eu era moço na profissão, embora não muito atreito a artes de Cupido, ainda acontecia um lenço feminino às vezes se agitar por mim numa estação qualquer. Mas agora quase que vivo de observações e recordações.

Saímos de Dores e o guarda-freios, postado entre os dois únicos carros de passageiros, depois de soltar os freios permanecia com os cotovelos sobre a roda, mas apenas ornamentalmente, pois o trem estava se esforçando para ganhar velocidade. Notei que logo à saída o rapaz se desinteressara do lenço e do coração que lhe pertenciam, desviando os olhos pro chão que corria debaixo de seus pés. E agora estava debruçado, derreado sobre a roda, de olhos baixos, indiferentes. Como não tinha com quem conversar, nem jornais novos para ler, pois só ia no carro um padre de batina cinzenta e viajante não gosta de batina de qualquer cor, – fiquei olhando pelo vidro da porta o rapaz, de uns 25 anos talvez, mulato ou moreno, produto de muitos sangues quentes. De repente, sorriu de leve, fugitivamente, sorriso que seria uma conclusão de considerações íntimas especializadas em morenas; sacudiu os ombros – que me importa! –; saiu do lugar e atravessou o meu carro gingando. Nem todos os seus gestos denunciavam o que lhe ia lá dentro, nem me pareceram froideanamente analisáveis, que já li um pouco do Freud... mas era certo que os seus pensamentos se prendiam a amores, de um modo particular e pessoal.

Foi quando ele passou por mim equilibrando na velocidade o corpo magro, forte, seco, ágil, que eu comecei a desconfiar da importância daquele tipo. Ou melhor, da sua importância como tipo, que entraria desde logo pra minha coleção de lembranças de viagem, no arquivo de memória somente. Porque eu viajo por obrigação, como meio de vida, mas gosto de fazer umas observaçõezinhas sobre pessoas e paisagens.

O guarda-freios me impressionou como tipo. É preciso que explique. Indivíduo de meia altura, de estatura mais ou menos igual à minha, fino de corpo, mas visivelmente bem-disposto, e sobretudo moço. Sua roupa não apresentava nenhum cuidado especial, uniforme azul desbotado e velho, largo e deselegante; um boné gasto e ensebado posto meio de banda sobre o cabelo crespo, não muito crespo; mas não exageradamente de banda à moda capadócia. Uma certa distinção no indistinto, compreendem? O rapaz não dava nenhuma atenção a detalhes do vestir e isso não desmerecia a sua condição de galã ferroviário e sertanejo. Tinha a barba por fazer, de uns três dias; mas também isso não o desvalorizava, antes pelo contrário. As gerações antigas eram mais sexuais, mais mulherengamente diretas, menos complexas no amor, pelo prestígio que davam aos pelos. Deus fez o homem peludo e raspá-los é ir contra a lei divina da multiplicação dos homens... Aqueles formidáveis bigodões antigos, aquelas barbas solenes, responsáveis por muitas séries de filhos naturais! O amor escanhoado é doentio, dessorado, pervertido, falsificado etc. É certo que ando cuidadosamente escanhoado; porém, além de não estar em causa o meu aspecto exterior, um viajante comercial barbado talvez não arranje fregueses para a Casa: as barbas hoje costumam provocar o ridículo, desde que o cinema americano começou a explorá-las como um elemento cômico por excelência. Mundo decadente de homens que tiram diariamente da cara as insígnias pilosas dos atributos masculinos! Insígnias antigas da reprodução da espécie, tanto que para marcar o seu celibato os padres começaram a fazer a barba. Hoje tudo está mudado. Mas... o guarda-freios é que importa: quero lhes falar somente a seu respeito. O guarda-freios não tinha barbas grandes porque o uso não permite, e era moço, nascido já num mundo escanhoado. Mas teria, logo o percebi, uma justificada prevenção contra o barbear-se muito a miúdo.

Como pormenor pessoal e importante, um lenço de seda creme enrolado no pescoço e com as pontas enfiadas numa aliança de ouro, no lugar da gravata. As pontas voavam dentro do vento e do pó... Um tipo! O lenço talvez não estivesse com a cor intacta, mas a região é quente e há suor entre nuvens de poeira. A aliança, sim, pareceu-me de ouro legítimo, e devia sê-lo, para definir o tipo, a sinceridade dos seus momentos gloriosos e efêmeros, pelo menos efêmeros, ou simplesmente poéticos dentro do que eu presenciei naquela famosa viagem.

* * *

Ele tinha voltado para o posto entre os carros, em minha frente, à minha vista através do vidro da porta. Na verdade já quase que me esquecera dele e começava a cochilar quando vozes femininas à beira da linha me fizeram olhar pra fora. Junto das três casas pequenas de uma turma de conserva da linha da Oeste, duas moças, ou duas mulheres moças, falavam alto, quase gritavam, ao mesmo tempo que repetiam incessantemente com os braços um cumprimento festivo, tudo para alguém que ia conosco: – o guarda-freios! E o guarda-freios lhes correspondia risonho, agitando o braço direito, vozes e gestos no barulho dos truques. As moças ficaram envolvidas na nuvem de pó levantada pelo comboio. E o rapaz colocou os olhos no chão que corria debaixo dos seus pés, como que se desinteressando delas.

Ah, os olhos tinham importância: verdes. Moreno, mais talvez mulato, de olhos verdes. Já leram Machado de Assis, um escritor brasileiro que andou muito falado nos jornais por causa do centenário do seu nascimento? Esse escritor tem uma personagem do barulho, uma mulher por nome Capitu, que tinha os olhos de ressaca. Pois o guarda-freios era um homem de olhos de ressaca. Ressaca de amar e não de bebida, para atrair e afundar as pequenas daqueles rincões... Não estou exagerando, nem gastando tempo com um sujeito qualquer: o tipo tinha alguma coisa de excepcional, que me metia inveja...

Chegou uma estaçãozinha sem importância e confesso que me decepcionou não ver morena alguma na plataforma à espera do guarda-freios. Nem mesmo depois que o trem parou surgiram mulheres; mas o rapaz, passando junto às janelas do nosso carro, parecia indiferente a essa ausência, começando a conversar sobre coisas vagas com o guarda-chaves, até que o comboio, como descobrindo de súbito a inutilidade daquele estacionamento, se pôs novamente em marcha.

Com a continuação da viagem, apontaram numa curva outras três casinholas de uma turma de conserva. Quando a composição passou por elas, o que vi satisfez minha impressão a respeito do rapaz. De uma das janelas humildes, a mocinha adolescente muito penteadinha, de vestido alegre e limpo, clara de tez e de aspecto, positivamente à espera daquele instante... a mocinha ria doidamente para o nosso guarda-freios que ria também, que ria e passava... E quando o nosso carro passou bem em frente dela, vi-a agitar o braço roliço e a mão pequena, no gesto costumeiro de quem promete pancada:

– Ah, diabo!

Com o melhor semblante deste mundo... A adolescente ficou para trás, entre o pó, os meninos e os cachorros em profusão nesses lugares. Logo depois, eis o ar de desinteresse de olhos baixos, ou de distância, do nosso guarda-freios que tornava a transitar pelo carro!

* * *

Naquela zona do Oeste, o trem costuma demorar mais de uma hora entre duas paradas, tamanhas são as distâncias entre os núcleos de população. Às vezes *acontece* uma estação e a gente nota que só existem no local as casas dos ferroviários necessários ali; é como se estabelecessem uma interrupção arbitrária do percurso, para descansar por uns minutos a locomotiva extenuada.

Eu tinha que descer em Bom Despacho. A paisagem de matinho rasteiro, com arbustos retorcidos pelo esforço de arrancar seiva daquele chão difícil, a paisagem sem variação e sem elevações sempre me dava sonolência, principalmente naquela manhã, por causa de um pôquer mal jogado durante a noite. Cochilava. Mas por felicidade só dormi depois de presenciar uma cena que me encheu as medidas.

Vi uma casa na beira da linha. Nem sei bem se era ou não casa de ferroviário. Quando o trem se aproximou, vi duas mulheres em atitude de expectativa. Uma já trintona, gorda e desmanchada, com os braços cruzados por cima dos grandes seios que pertenciam a uma porção de meninos espalhados por ali, tinha um sorriso de simpatia bonachona dirigido para o nosso guarda-freios. A outra, uma pequena pra cidade, meio alourada, espigadinha, sorria igualmente mas de modo diverso, ao vê-lo trafegar triunfante na plataforma. E quando o nosso carro estava bem em frente dela, eis senão quando o rapaz atira o busto para fora rapidamente, com os pés fixos na escada, como se fosse voar sobre a pequena, o malandro! Movimento mesmo de voar, uma projeção do corpo no ar vazio até que os braços presos aos corrimãos da escada o puxaram pra trás, agindo talqualmente a dois cabos elásticos. Ao mesmo tempo a pequena moveu um pouco os braços, descontrolada pelo imprevisto, quase os levantando como se esperasse realmente acolher neles o corpo do voador. Ele ria divertidíssimo; mas a moça não ria, unindo bem ao longo do corpo esguio os dois braços caídos como se ainda tivesse dificuldade em dominá-los, com uma expressão de desapontamento sorridente pelo manejo que os fizera mover. Por ela percebi que era a primeira vez que o guarda-freios lhe fazia aquela brincadeira. Tinha sido bonito... e poético!

* * *

Despertei em Bom Despacho, onde desembarquei, alheando-me do guarda-freios com a preocupação de retirar depressa as minhas malas. Quando embarquei no dia seguinte, já não tive a sua companhia. Talvez estivesse de folga. E quando voltei a fazer aquela zona, nunca mais o vi.

Um dia, ao ver passar na beira da linha as três casas de uma turma de conserva, me lembrei de perguntar por ele ao chefe do trem. Que fim teria levado o guarda--freios. Expliquei-o como o rapaz que usava um lenço de seda no pescoço, preso por uma aliança. Morrera, me disse o chefe. Facadas. Uma questão de rabo de saia.

Não tive a mínima surpresa: um homem como aquele não podia viver muito.

O IMEMORIAL APELO

Há uns versos de um poeta qualquer, que li numa revista ocasional de que não lembro o nome, encontrada sobre uma mesa qualquer, nesta minha peregrinação de viajante comercial:

Noite não digo,
Noite não direi.
De dia eu sou rico,
De dia eu sou rei!
Mas quando a noite chega, a noite vem, meu bem,
Bem noite:
Trágica, desamparada, inacessível!

Um longo poema que principiava assim, versos modernos, ou modernistas, como se diz. Por escrúpulo confesso que nesta parte que guardei de memória a pontuação é minha: não sei se havia dois pontos de exclamação. Um capricho da lembrança me fez conservar este introito poético e às vezes, notambulando, me surpreendo a recitar, nesses momentos em que a gente sente necessidade de falar qualquer inutilidade como uma válvula de escapamento para certa pressão interior, – me surpreendo a recitar:

Noite não digo,
Noite não direi.
De dia eu sou rico,
De dia eu sou rei!

Este fenômeno da memória talvez se explique pelo clássico jogo dos contrastes humanos: – eu poderia me apelidar de rei da noite. Gosto é da noite, embora às vezes

... trágica, desamparada, inacessível!

Mesmo assim, a noite sempre se entrega um pouco, ou eu me entrego a ela. Durante o dia são as visitas aos fregueses, as listas de pedidos, sorrisos, recusas, pilhérias, grandes abraços comerciais, pancadinhas nas barrigas comerciantes, enfim o teatro do ganha-pão. Mas quando a noite chega, a noite é minha! Não imaginem neste viajante com quase vinte anos de prática um inveterado farrista: um amigo da noite, senhores! Um grande amigo! O fígado ainda está camarada e se pode beber um pouquinho em noitadas. Porém gosto muito mais dos noturnos nas cidadezinhas do interior, em noites absolutamente tranquilas e desertas, por onde eu fico às vezes vagando sozinho, longe da incompreensão dos meus colegas que me respeitam como um erudito e ignoram este meu *penchant* para a poesia e para a vagabundagem lírica. Se não o ignorassem, como se ririam: – ora o Arconte! A verdade é que o Arconte, com este nome que meu pai me deu por um capricho do destino ou de sua veneta, o Arconte é que se ri deles quando dentro de uma noite humilde e obscura começa a dizer aqueles versos, ou uns outros bem mais poéticos, de Samain, no seu "Noturno provinciano"... Cito de memória, senhores:

> *La petite ville sans bruit*
> *Dort profondément dans la nuit,*
> ....
> *Le silence est si grand que mon coeur en frissonne!*
> ....
> *O secrètes ardeurs des nuits provinciales!*
> *Coeurs qui brulent! Cheveux en desordre épandus!*
> *Beaux seins lourds de désirs, pétris par des mains pâles!*
> *Grands appels suppliants, et jamais entendus!*

Um pouco de orgia de imaginação do poeta tísico, de um tempo em que não havia sanatórios comerciais para lhe conservar a doença. Mas o meu esquecido poeta Samain era pobre, em qualquer tempo teria morrido moço, para que alguém, numa devoção particular de notívago, rei das noites provincianas, ficasse a lembrar o seu "Nocturne Provincial":

> *Le rideau frêle o vent frissonne.*
> *La lampe meurt... Une heure sonne.*
> *Personne, personne, personne.*

Ninguém, a não ser o poeta ou o rei da noite... Em toda parte do mundo há dessas cidadezinhas, cuja vida diurna não tem a menor explicação, inútil e oca; mas ricas de sugestões noturnas, amores e recalques, solteironas lancinantes à margem de procriações abundantíssimas, indigências de almas e de corpos, misérias ocultas, abnegações obstinadas, aspirações abortadas, a sombra do grande mundo agitado e desconhecido atuando sobre as casas mudas e encolhidas, desespero de apreender na febre dos sonhos que lá longe as vidas se realizam, o bolor do passado que foi sempre melhor, um mistério eterno em cada esquina, velhas noites... Velhas noites, aqui está o vosso amigo desinteressado! Passeio-vos em silêncio, entre as moradias impenetráveis; me debruço nos parapeitos das pontes sobre córregos e rios; olho e escuto as águas que levam detritos fisiológicos como misérias que nunca terminam; vou até ao muro do cemitério no ponto mais alto e dali vejo que há uma janela acesa, uma vigília, uma doença ou um amor; desço para as pontas de rua, onde a noite é maior... Às vezes acontece encontrar outras almas noturnas, estranhas revelações, tristezas que é preciso consolar. Fazem parte da minha paixão pela noite, que procura um contacto humano diferente, especializado por assim dizer...

Me explico para lhes contar uma das minhas noites. Para que os senhores a compreendam. Por exemplo, eu estava... Eu estava na portaria do hotel de uma cidadezinha qualquer, entre colegas que discutiam o valor e a eficiência dos hoteleiros de Minas. Como é óbvio, o hoteleiro é um auxiliar imprescindível do viajante comercial. Boa comida, boas acomodações, bom chuveiro. Mas não só isso: uma certa inteligência para facilitar a nossa atividade. Sobretudo na correspondência. Uma carta da Casa que chega atrasada e que o hoteleiro sabe enviar no nosso encalço, para a praça onde estamos ou aonde vamos. O problema não é fácil: o nosso deslocamento é rápido, de praça em praça, conforme o ramo de negócio e o hoteleiro tem que calcular, dentro do nosso itinerário e da nossa especialidade, o lugar em que a carta pode nos atingir. Há ocasiões em que a carta deve ficar mesmo à nossa espera, nos escaninhos do escritório do hotel, quando este possui escaninhos, em ordem alfabética, o que por outro lado pode ser um perigo, pois um empregado relaxado já colocou no U uma carta endereçada a mim, Arconte Medeiros! Só por acaso, muito tempo depois, vim a descobrir a carta da Casa, contendo duas duplicatas!... Da discussão daquela noite, nas cadeiras de vime da portaria, resultou que o Correia, do Hotel Maduro, de Varginha, fosse proclamado o melhor hoteleiro para os viajantes, possuindo até um fichário completo deles.

– O hoteleiro nº 1! gritou um colega que eu conhecia pouco, um português grisalho que já manifestava disposições para dormir, entre dois bocejos. Um pouco exigente sim, porque quer as coisas às direitas!

Estabeleceu-se uma classificação dos hoteleiros mineiros, que não repito aqui com receio de uma ou outra omissão involuntária, colocando-se em destaque o nosso hoteleiro do momento, presente à discussão e realmente bom e atencioso. O assunto fora mesmo provocado por ele quando nos revelara que, por motivo de uma carta expressa, chegara a se comunicar com um nosso colega no telefone interurbano e por conta própria. E eu concluí, para ele:

– Se 10% dos hoteleiros fossem como você, os viajantes estavam feitos!

Havia um outro português baixinho, sisudo e compenetrado, que logo atacou uma narrativa para confirmar o juízo geral sobre o Correia. Um viajante chegara ao seu hotel e, ao pedir uma toalha de banho, reclamara também outra de rosto. O quarteiro fora mostrar ao Correia o que o colega havia feito com a toalha de rosto que encontrara no quarto: tinha limpado os sapatos com ela! O hoteleiro devolveu a toalha suja ao hóspede com um vale do respectivo valor, 2$400, para que fosse assinado. O hóspede estrilara, solicitara a solidariedade dos colegas. Ninguém ficou do seu lado, em face da má ação: teve que pagar a toalha, antes de se retirar... Entretanto, ao voltar a Varginha, voltara ao hotel do Correia. Porque naturalmente se convencera de que onde está a ordem está o bem-estar. O narrador tinha sido testemunha presencial do fato... A cara grave, o tom solene, o ar profundo, davam às palavras do luso pequeno uma substância filosófica por assim dizer, embora de uma filosofia de coisas miúdas. Impressionei-me com a seriedade dos seus conceitos. Apresentava os casos comuns da nossa vida como pensamentos longamente amadurecidos, e na realidade deviam ser pesados, medidos, remoídos, discutidos, desenvolvidos, lá na cabeça dele, antes de os manifestar oralmente. Agora discorria sobre um sujeito que lhe fizera uma tratantada e estava abandonado por todos:

– Quem me faz uma, não faz duas a ninguém...

Meditei em que se o destino houvesse posto nas suas mãos muitos livros, em vez de papel de embrulho e cadernos de pedidos, estaria ali um pensador, um filósofo verdadeiro. Mas era a noite que me convidaria. Dei boa-noite, disfarcei, deslizei sozinho para a rua. A noite vem, meu bem, bem noite...

O costumeiro largo do jardim, com o seu coreto ao centro, farfalhava ao ventinho noturno. Ninguém. Desci uma rua. Não na direção do desconhecido, que a cidade já me era familiar, mas de certa casa alegre onde noites antes houvera um duplo suicídio muito comentado na cidade. Entrei deliberado a satisfazer minha curiosidade noturna. Na sala de jantar duas mulheres velhas jogavam cunca silenciosamente, com um colega e um desconhecido. Dei boa-noite, pedi licença, me abanquei como sapo.

– Qu'é-de a Lina?
– Então não sabe?
– Não. Cheguei hoje.
– Suicidou. Com um rapazinho de fora. Depois do Carnaval.
– É sério?
– Então eu ia inventar uma coisa dessas?

Vieram os detalhes. Lina tomara o veneno primeiro, formicida na cerveja, já vestida com o seu vestido preto, dentro do quarto. O rapaz, amante há poucos dias, assistira-a morrer, estendera-lhe o corpo sobre a cama na postura para o caixão, trançando-lhe os dedos das mãos sobre o peito, arranjando o vestido, alinhando-lhe os cabelos sobre o travesseiro. Após, bebera também o líquido, deitado a seu lado, atirando o copo no chão... Pela manhã o menino filho de Lina, que dormia no mesmo quarto, saiu tranquilamente para brincar. Só depois do meio-dia a dona da pensão, que me contava o incidente, abrira a porta para lhes dizer que estavam dormindo demais. E um suspiro fundo como conclusão.

* * *

Uma mulher que se achava sozinha no quarto próximo veio para a sala onde estávamos, implorando para não se tocar mais no caso. Estava nervosa. Eu já percebera o nervosismo com que as outras duas prestavam atenção aos mínimos ruídos noturnos da casa. Ofereci-lhes cerveja, para arejar o ambiente. Bebíamos calados quando Mundico entrou barulhentamente pela porta da rua:

– A Lina apareceu por a aqui?

– Já vem ele meu Deus!

– Ela estava ali na esquina mas não quis conversa: desapareceu quando cheguei perto.

– E as cartas do rapaz? perguntei avidamente à dona, aproveitando a oportunidade, apesar da irritação causada pela entrada do Mundico que se sentara e pedira sem-cerimoniosamente um copo para encher de cerveja.

– O rapaz escreveu umas coisas, muito mal escritas, pedindo o perdão do pai, pedindo pro pai criar o filho dela. Mas estão com o delegado de polícia.

Consegui apenas ver o retrato carnavalesco dos suicidas, que a mulher idosa, estabelecida, não querendo me desagradar, resolvera tirar do bolso do pijama: em grupo de fila, primeiro o menino de cinco anos, um macacão de palhaço acadêmico, com o rosto magrinho e sério debaixo do chapéu de cartucho; depois a mulher, a Lina nos seus 25 anos que eu conhecia, calça de seda preta, blusa de seda prateada, braços nus, clara, bonita, risonha; afinal o rapazinho, 19 anos – informaram-me, tão jovem como o Mundico, moreno de bigodinhos, como fantasia um simples blusão aberto no peito, um ar cretinamente encantado, doce, ingênuo... Informei-me de que Lina nem gostava dele e tivera sempre a mania do suicídio. De que o menino estava na casa de uns parentes do delegado, até que lhe dessem um destino. De que se alguém lhe perguntava pela mãe dele, o garoto magrinho e sério apontava o céu...

– Estão no céu, afirmei resolutamente. Cretinos demais, inocentes demais! Se Deus existe, não é possível que ele desorganize tanto este mundo para depois castigar os que são vencidos pela bagunça... No céu.

Todos riram, pensando que eu estivesse brincando. Eu mesmo não sabia se falava a sério. Mundico se pôs a dizer sujidades sobre a vida no outro mundo, sobre o que os amantes juntos deviam estar fazendo lá. Os homens riram. Falava português arrevesadamente, ora com um sotaque inglês, ora espanhol, enxertando palavras dessas línguas aprendidas talvez no cinema e no rádio. Toda a gente sabia, no entanto, que ele era filho do lugar, e eu mesmo já o conhecia desde que o vira agitando a cidade em correrias loucas de motocicleta. Levantou-se, foi ao banheiro, para voltar de lá aos berros:

– Lina está lá!

A dona da casa fixou-o com frieza e determinação:

– É melhor você ir embora, menino.

– Bien. Yo me voy...

* * *

    Mundico retirou-se dando uma gargalhada para ainda mais irritar as mulheres. Paguei as bebidas e acompanhei-o, aparentemente por acaso, mas na esperança de que me trouxesse uma compensação noturna à chateza do dia.
    Tinha 20 anos e era meio pancada este Mundico. Com sua popularidade de motociclista amador da cidadezinha, eu ouvira e repetira a sua história. Herdara dinheiro do pai e a mãe viúva o emancipara logo aos 18 anos, dizendo que era para que gastasse o dinheiro quando moço e tivesse forças de homem para trabalhar depois. Mundico tinha feito loucuras, gastara a herança à toa, inclusive na motocicleta que acabara vendendo. Vivia agora às expensas maternas, e casado, malcasado por seu lado, boêmio, desgovernado, noctâmbulo. Acompanhei-o através da noite deserta e parada, com a intenção de explorar a sua veia de menos. Porém a conversa foi irremediavelmente banal. Ele não tinha nada de um notívago iluminado e, falando comigo só, se tornara até compenetrado, mostrando-me as casas que tinham sido de seu pai, mentindo-me que ainda eram suas e que ia vendê-las para ir para Belo Horizonte, Rio, São Paulo.
    – Você vai levar sua mulher? perguntei provocando pelo menos uma perversidade.
    – É claro.
    O costumeiro largo do jardim, com o seu coreto ao centro, farfalhava no ventinho noturno. Ninguém. Descemos para o outro lado da cidade na direção do rio. Estivemos, agora silenciosos, sobre a velha ponte de pedra, sobre o rio largo e quieto como uma lagoa. O rapaz estava a meu lado como um companheiro de boa vontade. Dentro das minhas cismas, já não esperava nada dele.

– Quantas horas?

Mostrei-lhes o relógio. Quase duas. Retrocedemos da ponte e eu estava decidido a abandoná-lo na primeira esquina e ir dormir. Foi quando inesperadamente vi Mundico dar alguns passos mais rápidos, de cabeça erguida, e abrindo os braços aplicar cinco ou sete palmadas ritmadas e vigorosas nas próprias coxas, e erguendo ainda mais a cabeça cantar vigorosamente como galo... O primeiro galo de verdade, dormitando no seu poleiro, retrucou àquele grito de vida, e o canto se propagou maravilhosamente de terreiro em terreiro, da baixada do rio, dos morros, até longe, longe. O imprevisto me fez rir, mas confesso que fiquei entusiasmado. Arrastei o rapaz novamente para a ponte e dali cantou outra vez: o grito deslizou sobre as águas e alcançou, pelas respostas prontas, mais longe ainda. Subi com ele pelo morro, sem qualquer objeção de sua parte, pois a minha visível admiração lhe devia causar prazer. Junto do velho muro, outro canto. Com os ouvidos só para as respostas dos reis dos terreiros, senti-as propagar de morada em morada, até se enfraquecerem afastando-se como um esforço das distâncias para não deixar de responder... Até que a resposta veio de longíssimo, da mancha branca de uma casa perdida na montanha, talvez ilusão dos ouvidos e dos olhos...

Sentei-me na escada do portão do cemitério, que o meu velho coração palpitava com rapidez da subida. Estávamos junto aos muros do aqui-jaz, sem intenção macabra, pois nas cidadezinhas que eu amo o ponto mais alto, acessível, é sempre o da mansão dos mortos, colocada tradicionalmente a cavaleiro das habitações, dominando-as e prevenindo-as. Mundico sentou-se também, satisfeito de si, como que aguardando novas ordens. Mas entre o cemitério e a cidadezinha, meu espírito divagava, sob a pressão de vivos e mortos que dormiam para sempre, todos para sempre, ainda que alguns iludidos durante certo tempo num invólucro de carne humilde e mísera, às vezes linda carne feminina, braços noturnos que se erguem inutilmente para o amor, inutilmente como para a morte... Voltava o "Noturno" do meu esquecido poeta Samain, que repeti para o rapaz que não o entendia nem estranhava:

> *Je vous évoque, ô vous, amantes ignorées,*
> *Dont la chair se consume ainsi qu'un vain flambeau,*
> *Et qui sur vos beaux corps pleurez, désesperées,*
> *Et faites pour l'amour, et d'amour devorées,*
> *Vous coucherez, un soir, vierges, dans le tombeau!*

Há virgindades ainda maiores, eu lhes asseguro com a minha autoridade de rei da noite. Naquele momento pensei nelas. Mulheres que passam dos golpes de sedução do macho bestial para a degradação do meretrício, sem conhecerem o amor, senhores... Talvez a suicida, bonita e fria, tivesse sido assim. Acabou se apaixonando pela morte e arrastando o rapazinho para o cemitério, sem que nem mesmo a maternidade a tolhesse no seu desígnio.

– Os suicidas estão enterrados aí dentro, Mundico.
– Não. Lina sozinha. A família mandou buscar o corpo do rapaz... Que dois trouxas, hein?
– Você já pensou alguma vez na morte, Mundico?

Levantando-se, meu companheiro limitou-se a sorrir quase com desprezo, como se achasse a pergunta perfeitamente imbecil. E aplicou as palmadas ritmadas nas coxas, fez vibrar na garganta o canto de galo, de cabeça erguida para o céu. O entusiasmo das respostas, propagando-se depressa, pareceu-me maior. Era a primeira ameaça do dia. Podia-se já distinguir as manchas brancas dos galináceos passeando nos terreiros das margens do rio, talvez despertados mais cedo pela insistência daquele grito a meu pedido... Descemos depressa a encosta.

Eu tinha que dormir para começar a trabalhar depois do almoço, como de meu costume, num ramo em que felizmente não é necessária muita pressa, pois a reclame é que abre o nosso caminho: especialidades farmacêuticas.

SARDANAPALO

Sou farmacêutico modesto, de bairro pobre, mas assim como o senhor me vê, apenas bem mais moço e mais sonhador, já tive minhas fumaças de literato, e gozei mesmo de certo renome de poeta estudantil, nos tempos em que cursei farmácia em Ouro Preto. Meu Ouro Preto das repúblicas boêmias nos casarões infinitos cheios de quartos e de tradições, com percevejos de longas barbas multisseculares! Velha cidade que se conserva sempre a mesma, dentro deste século onde tudo mudou. Mas não falemos do meu Ouro Preto de todos os tempos, uma vez que a minha intenção é lhe explicar por que me arrepiei todo à passagem de um simples gato pela porta da minha farmácia, a esta hora noturna. Não é nenhuma superstição minha. Somente não gosto de gatos, ou melhor, já gostei excessivamente de gatos, naquele tempo em que me tinha na conta de poeta e levava declaradamente uma vida de intelectual. Baudelaire e os gatos! Me convencera de que era espiritual ter um desses bichos no meu quarto de estudante, bicho amigo dos poetas, dos lunáticos. Influência dos vates franceses, de suas elegâncias exquises, com pulgas... Eu tinha um gato enorme no meu quarto de estudante, bem alimentado, preguiçoso e inútil, a que batizara pomposamente, parnasianamente, de

Sardanapalo. Imagine o senhor, Sardanapalo, hein! É mesmo pra rir... Assunto tenebroso para mim, gatos. A questão não é propriamente gostar nem deixar de gostar deles. É que me sugerem qualquer coisa como remorso, ou remordimento de consciência, presa a este Sardanapalo que se tornou uma mancha negra na minha vida... Bem alimentado, o meu bichano não descia de sua condição especial de gato de poeta pra comer os ratos que transitavam pela nossa república. Afugentava-os, às vezes, por desfastio ou talvez respeito à tradição de família. Era um gato preto, como convinha a um cultor das boas letras, que já lera Poe traduzido por Baudelaire. Preto e gordo. E lerdo. Tão gordo e lerdo que a certa altura observei que ia perdendo inteiramente as qualidades características da raça, que são em suma o ódio de morte aos ratos. Já nem os afugentava! Os ratos de Ouro Preto são também dignos e solenes e – não ria! – tradicionalistas... descendentes de outros ratos que naqueles mesmos casarões presenciaram acontecimentos importantes da nossa história... No sobrado do desembargador Tomás Antônio Gonzaga, imagine o senhor uma reunião dos sonhadores inconfidentes, com os antepassados daqueles ratos a passearem pelo sótão ou mesmo pelo assoalho por entre as pernas dos homens absortos na esperança da independência nacional! E depois, os ancestres daqueles roedores que eu via agora deslizar sutilmente no meu quarto podiam ter subido pelo poste da ignomínia colonial, onde estava exposta a cabeça do Tiradentes! E quando as órbitas se descarnaram ignominiosamente, podiam até ter penetrado no recesso daquele crânio onde verdadeiramente ardera sem literatura, com a simplicidade do heroísmo, a febre nacionalista... São pensamentos que me vinham naquela ocasião, mas nem por isso desculpavam a falta de caráter em que ia chafurdando o meu Sardanapalo, a tal ponto que os ratos começaram a trafegar livremente no próprio canapé em que ele repousava a sua existência sem qualquer interesse. Via-o entreabrir um dos olhos, espiá-los uns segundos, continuar a dormir. Enquanto isso, os meus livros, até os meus caros livros dos poetas amados, apareciam roídos! Principiei então a diminuir-lhe os alimentos, devagar mas metodicamente, ao mesmo tempo que Sardanapalo voltava mais ou menos a ser gato, saindo de súbito de sua madorna habitual para assustar com um tapa ao rato ousado que lhe passasse por perto. Não o deixava passar fome, o que não estava nos meus planos: desejava apenas que, apesar de bichano literário a que até já dedicara um soneto em alexandrinos, ou em razão disso, ele cumprisse uma função maneira de policiar os meus bens intelectuais contra a ação subversiva dos roedores. Porém a despeito do racionamento, aliás um tanto generoso, eis que aparece parcialmente destruído um dos cadernos dos meus próprios versos! Olhei para Sardanapalo com desprezo, com raivosa insistência; o inútil supôs que se tratasse de um olhar de carinho mais prolongado e veio agradecer-mo roçando pelas minhas pernas! Acabei coçando-lhe a cabeça, sorrindo diante daquele caso sem remédio, e saí para a rua, para a noite que iria terminar com uma daquelas ceias responsáveis pela minha dispepsia atual... Já pelas tantas, ao voltar para casa me lembrei dos versos roídos e resolvi não levar pra ele, como sempre fazia, um pedaço de linguiça da ceia. À última hora, cedendo ao meu bom coração, reuni somente alguns pedaços de pão largados sobre a mesa. Quando abri a porta Sardanapalo saltou do canapé, festivo e interesseiro: lhe atirei as migalhas num gesto de desdém e caí pesadamente na cama... Despertei com uma estranha barulhada no quarto, uma cadeira que tombava como uma bomba sobre as tábuas do soalho, som que retumbava nos cômodos vazios e abandonados do andar de baixo, de mistura com o chiar assustado de um rato. A pálida madrugada ouropretana, ainda em começo, entrava pela minha vidraça perto do céu, para me revelar Sardanapalo sentado no meio do aposento pousando uma das mãos sobre um rato enorme. Seria uma demonstração de sua eficiência, um esforço para se reabilitar? Naquele instante, parecia tão possuído pelo gozo do apresamento que não deu a mínima importância à minha atenção pelo seu triunfo. Retirou a pata de cima da presa e se deitou em frente dela, preguiçosamente, como numa boa disposição para dormir ou pelo menos para cochilar. Segundos decorreram e de repente o rato disparou em fuga, sem conseguir atingir senão uma pequena distância, menos da largura de uma tábua, pois Sardanapalo deu um salto, abocanhou-o trazendo-o à posição primitiva, humilde, anulado, perto do seu focinho, e se espichou com estudada displicência junto dele. Não o abocanhou propriamente, o que dá a impressão de violência: manteve-o delicadamente entre os dentes, sem magoá-lo, forçando-o a retornar ao ponto de partida. Não era a primeira vez que eu presenciava aquela cena entre um gato e um rato. Mas era a primeira vez que via o meu Sardanapalo agir assim, depois de ter sido arrancado do sono da madrugada, naquela hora confusa e indistinta, sem que meu corpo abandonasse a posição do sono, nem mesmo o agradável torpor das células meio adormecidas, até com a cabeça no travesseiro para seguir o desenvolvimento dos fatos... Dentro de alguns minutos, só existíamos no mundo, no universo, no espaço e no tempo, eu, o gato e o rato. Sardanapalo se pôs a sufocar com pequenos golpes das patas dianteiras a menor tentativa de movimento do seu prisioneiro. Depois dos inumeráveis golpes delicados, quase gentis, que não o magoavam, deu início ao combate simulado. O rato, de tão insignificante, parecia ter diminuído de tamanho. Pobre, mísero ratinho que se entregou a movimentos desesperados que facilitaram a simulação da luta: sem ligar mais para a insistente delicadeza com que as patas do gato lhe ordenavam que estivesse quieto, procurava fugir-lhes a toda força, e Sardanapalo caía sobre ele, jogava-o no ar e se punha rapidamente de costas para apará-lo nas quatro patas, embolava-se com ele e vinham rolando juntos, como se o ratinho estivesse mesmo reagindo, até perto da cama; e voltavam rolando... Houve números de acrobacia quando Sardanapalo, de costas, manteve o animalzinho no ar sobre as patas, uma, duas, cinco vezes... Em seguida, permitiu que o rato, cada vez mais diminuído, medisse em correria a extensão do quarto, e foi saltando por cima dele, obliquamente, da cauda para a cabeça, de modo que o fugitivo tinha de momento a momento o seu caminho impedido e mudava constantemente de direção, desorientado e desesperado. Parecia mesmo brincadeira, mas nós três sabíamos que não era. O meu gato cumpria fielmente o imperativo tradicional de raça contra raça, ou de espécie contra espécie, com todo o abuso da superioridade física, da supremacia do tamanho e da agilidade. A madrugada se tornara franca e a claridade descendo das penedias dava absoluta nitidez ao desenrolar natural daquelas crueldades impregnadas de elegância e de gentileza. Eu já não estava deitado e sim sentado, sem me importar com o frio (devia ter febre, parece-me hoje), as pernas pendendo da cama velha e alta, sem perder o mínimo detalhe de tudo, insensatamente entregue à observação da extrema variedade de atos. Mais do que entregue, – dominado eu mesmo por uma crueldade abstrata, com um sentimento bizarro que se me afigurava orgulho de ser dono de Sardanapalo, partícipe indireto mas voluntário daquele suplício que não acabava nunca!... O senhor conhece um conto de Villiers de Lisle-Adam, o "Suplício da esperança"? Não? Um inquisidor determina que se suplicie uma de suas vítimas, como último recurso para tentar a salvação de sua alma, com a esperança de poder fugir da prisão; o homem descobre que a porta do calabouço foi esquecida com a fechadura aberta, empurra-a e sai pelos intermináveis corredores; os frades passam por ele, sem vê-lo em algum cotovelo de muro em que procurava se ocultar; um deles, que vem discutindo com outro sobre alto problema teológico, pousa sobre o fugitivo o olhar distraído, e o fugitivo se imobiliza num calafrio gelado, dentro de um desvão de parede; mas ambos distraidamente se afastam repetindo, entre outras palavras pias, o nome de Cristo: o fugitivo já está vendo a porta de saída, lá fora há luz e ar; se aproxima da liberdade, quando se sente abraçado pelo próprio inquisidor, que o chama de filho e lhe diz para não fugir dali, para não fugir de Cristo... É assim que guardei a recordação do conto, lido naquele tempo. No entanto, naquela hora estranha, me lembrei apenas daquele sistema original de suplício revelado ou imaginado pelo contista, e Sardanapalo – não ria! – também se lembrou de aplicá-lo, ou melhor, eu lhe transmiti o meu pensamento... O meu gato se deitava nonchalantemente e permitia que o prisioneiro corresse quanto que podia (já estava meio titubeante e exaurido, embora sem um arranhão), até no ângulo do quarto onde havia um buraco de rato que eu entupia vãmente com jornais; já estava perto do buraco enxergando a abertura sombria, prelibando a escuridão e a estreiteza dos meandros onde nenhum gato jamais entrara ou entraria, a liberdade na sombra... já se aproximava do buraco, já estava a poucos centímetros dele! E o algoz em dois pulos alcançava-o e trazia-o novamente na boca para o ponto de partida. Aliás, tudo aquilo, desde o começo, era puro suplício da esperança, com todas as variações imagináveis, cada variação repetida uma, duas, cinco, dez vezes... E eu sentado na cama acompanhando-as, empregando nervos e músculos em repetir até certo ponto aquelas diversões, gato eu mesmo, sim gato eu mesmo – não ria! –, possuído por um entusiasmo cruel, torcendo como fazem os assistentes das pugnas esportivas de hoje... O rato já era um frangalho, martirizado com tal habilidade que não se lhe via o menor sinal de sangue. Se lhe acontecia, a um golpe de Sardanapalo, virar de costas, permanecia de costas agitando as patinhas e procurando apoio no infinito para tornar à posição normal, sem ânimo e sem forças... Também, já estávamos no fim. Sim, já estávamos no fim, eu e o meu gato contra aquele animalzinho quase sem alento de vida e que já nem se movia a novos e derradeiros tapas das patas. Talvez ainda pudesse se mover um pouco, mas não o tentava, convencido da absoluta inutilidade de tudo, nirvanizado... E o meu interesse pela progressão do acontecimento, interesse sem piedade, antes o contrário, estava atingindo o auge. Porém de minha parte não havia qualquer intenção de vingança ou pesar pelos versos roídos, pois tal espírito de vingança contra um insignificante ratinho, dentro de um ser humano, seria uma imperdoável monstruosidade. Era crueldade gratuita, uma intoxicação estranha e única de perversidade, com os nervos alertas mandando cargas para os músculos, tal se os músculos estivessem todos se movimentando como os de Sardanapalo, no corpo do homem sentado sobre a cama, curvado sobre o supliciador e o supliciado, sacudindo as pernas nuas, agitando os braços, sem alma e sem frio, um possesso! Sim, é a palavra: um possesso! Sem repugnância alguma, até com uma certa volúpia demoníaca, vi o gato enorme, que enchia o quarto enorme com sua importância extraordinária, abrir a boca, mostrar a fauce, e fechar a boca tendo entre os dentes a cabeça do ratinho, esmigalhando-o e engolindo-o lentamente... O rabinho penetrou ainda mais devagar, como uma cobrinha, e Sardanapalo teve uma ânsia de tosse, uma espécie de engasgo, quando a ponta fina e delicada lhe fez cócegas na garganta. Só então se dignou de olhar para mim. Mas que olhar! De cúmplice agradecido e enternecido talvez, depois de cumprir a ordem de matar que provinha do meu desprezo lhe manifestado na véspera. Mas sobretudo de acrobata exibidor gratíssimo por aquele meu aplauso mudo e paciente às suas habilidades. Talvez nada disso e apenasmente uma deferência amável para com o seu dono, após mostrar quanto podia fazer, como era hábil, ágil e poderoso... O certo é que não compreendi bem aquele olhar, a que correspondi constrangido, não pela humilhação da cumplicidade ou porque já me trabalhasse o remorso: – porque percebi assustado e confuso que a crueldade despertada em mim não estava satisfeita! Antes de voltar ao canapé, Sardanapalo veio até junto da cama, fitando-me ainda e sempre, e esfregou o corpo fluxuoso, peludo e quente, contra os meus pés frios e nus. Uma, duas, quatro vezes... Comecei a brincar nervosamente com ele, afastando os pés para que perdesse o equilíbrio quando mais se lhes encostava, calcando levemente com as plantas aquela barriga onde estava sepultado o ratinho. Sardanapalo abandonava-se no chão, agora se fazia pequenino, carinhosamente pequenino. Coloquei um dos calcanhares em cima de sua cabeça que se abaixou reverentemente, mansamente, agradecidamente. Súbita e irreprimível violência, desci o calcanhar com todo o peso do corpo e lhe esmigalhei o crânio. Não morreu logo. Começou a se afastar de costas, arrastando a cabeça, sem poder levantá-la do soalho, a a espinha dorsal partida, como se a cabeça estivesse presa com visgo às tábuas, sem miar nem gemer, apenas com uma espécie de engasgo. Abri a vidraça, agarrei-o pelo rabo e atirei-o para o ar puro e alto, o mais distante que pude. Foi cair lá no fundo do quintal abandonado e cheio de mato, rolou pelo declive forte até que uma moita de assa-peixe o reteve. Lá embaixo, ainda se movia, se arrastava. Desapareceu entre as folhas.

LAUS DEO

EIS A NOITE!

Madalena completara naquele dia 30 anos.
   Exausta do dia cheio (arrumar mais demoradamente a casa, fazer uns doces, melhorar o jantar para alguns convidados), seguia as palavras quase sem as compreender. Fechou o livro e o colocou no criado-mudo. Depois de rezar as suas orações noturnas, ave-marias e padre-nossos pela alma de sua mãe, pelas almas das pessoas amigas, por todos aqueles que sofriam no Purgatório, bocejou uma vez, apagou a luz, aquietou-se na cama, sobre o lado direito, dobrada sobre si mesma, as pernas encolhidas, os braços juntos sobre os seios. Hora máxima de abandono, em que se encolhia assim, se resumia no leito estreito, como que procurando desaparecer. Por isso é que ela gostava do frio, ou pelo menos das noites com ventania refrescante, como aquela. Bocejou mais uma vez. O sono porém não veio. Pelo contrário se acentuou a insônia com a inesperada recordação daquele sonho que ela tivera há muito tempo, talvez há anos. Uma cidade com milhões de luzes, uma cidade muito maior do que Belo Horizonte, talvez a maior do mundo. Ela contemplava os milhões de luzes, de um terraço solto no espaço, inexplicado. O rapaz veio do fundo de sombra (não lhe lembrava bem o rosto; mas era forte, bonito), cingiu-a docemente pela cintura, estreitou-a vaga-

rosamente, com segurança mas sem violência, e lhe disse calidamente no ouvido:
— Eis a noite! Vamos dormir.
Madalena procurara afastar-se dele, mas o conquistador repetira maciamente:
— Eis a noite! Nesta cidade infinita, quem saberá?
Fora só isso, pois logo despertara, trêmula, desambientada, no mesmo quarto onde agora outra noite lhe trazia a lembrança do sonho...
Madalena esperou (era bom esperar, embora jamais soubesse para quê) as pancadas da meia-noite no relógio distante. O tempo noturno caminhava devagar. O soldado a cavalo caminhava devagar, o soldado que tornava a passar na rua lentamente. Naquele recanto obscuro e humilde da cidade, o policiamento era feito por dois soldados de cavalaria, vagarosos e calmos. Vezes infinitas já escutara as ferraduras da montaria contra as pedras do calçamento. Daí a pouco o soldado voltaria: novamente as ferraduras contra as pedras do calçamento. De certo modo Madalena gostava desses guardas indefinidos, vários e indiferentes como homens nas vidinhas deles, mas seus companheiros distantes durante as vigílias noturnas quando ela perdia o sono e o silêncio lhe pesava: ficava a contar a sua passagem por perto, ou os observava ocasionalmente da janela, quando ficava ali antes de se deitar. Policiavam com um ar indiferente o silêncio das redondezas. Lá embaixo, numa esquina mais iluminada, um dos cavalarianos costumava encontrar-se com o outro colega de ronda, e permaneciam parados, derreados sobre os selins, conversando, distraindo-se um pouco. Depois se separavam, até desapareciam por algum tempo, se enfiavam pelas vielas antigas, beirando os matagais, variavam de itinerário, as pisadas dos animais se sumiam nas ruas ainda sem calçamento ou talvez

nos atalhos no meio do mato. Os cavalarianos tinham a função de zelar pela tranquilidade pública, mas também pela moralidade, detendo os casais que gostavam de se amar nas moitas debaixo das estrelas. Madalena sabia disso e já vira passar um desses casais, um par de pretos marchando à frente do cavalo cabisbaixos e ridículos. Essa recordação lhe provocou naquele momento um sorriso de piedade. Coitados dos pretos. Mas uma tremenda amargura traspassou-a, numa ampliação da piedade que a envolvia também. Coitados dos morenos, dos brancos, de todos. Mundo incompreensível, irrealizável. Que é que vale? Não perceberia que a pergunta era ridícula, afinal de contas, no seu aniversário de 30 anos descurados, sem nada ter realizado porque a vida não permitira, toda entregue aos cuidados de dona de casa para o pai funcionário público exemplar e dorminhoco, para os irmãos farristas que só buscavam o lar pela madrugada... O pai dormia no quarto ao lado, dormia sempre. Madalena se lembrou de que sua mãe, morta há oito anos, dizia que o marido acabaria aposentado pela moléstia do sono. A lembrança das dissídias dos pais revigorou a pergunta: que é que vale? Um dia seu pai dormiria também para sempre e então... Como se o rompimento de todas as peias, o aparecimento da oportunidade única, o retardamento dos efeitos do tempo na sua carne feminina, o término da expectativa perene, como se tudo dependesse daquele sono para sempre, Madalena se prelibou de repente libertada de toda monotonia. Sem reagir contra o absurdo procurou escutar do outro lado da parede o ressonar do pai. Se ele tivesse morrido? Não teve o menor susto com tal pensamento, dentro do absurdo avassalador, livre e leve como se o fato já se houvesse consumado e passado: morto, enterrado, rezadas as missas, lembrado nas suas orações noturnas. Como se fosse um acontecimento a que o tempo já houvesse tirado a incômoda impressão da não presença recente, do enterro, das missas, das cartas de pêsames, e ela já estivesse distante de tudo isso, sozinha e libertada... Era absurdo e confuso, e talvez ela adormecesse assim, guardando a recordação daquilo como de um sonho maligno, ou não guardando recordação alguma, – se não se precisasse do outro lado da parede, com a força de uma decepção ou de um protesto, o ronco do primeiro oficial de secretaria, enchendo de tal sorte o quarto que espancou a sombra envolvente do sono; de tal sorte que Madalena se ergueu, acendeu a lâmpada e foi para a janela diante da cidade.

O vento da noite sobre as suas pálpebras cansadas conformou-a um pouco. Correu os olhos, sem ver, pelas carreiras de luzes na terra, pelas estrelas no céu. Recolheu o quimono sobre o peito, a uma lufada mais forte, encostando a cabeça triste na madeira lateral da janela. Ninguém. Nem mesmo os soldados. O vento trouxe de longe uma badalada do sino do relógio. Um dos cavalarianos veio descendo devagar (Madalena ouviu apenas o ruído) e afinal surgiu na esquina, freou o cavalo, olhando para a janela iluminada. Madalena se debruçou no peitoril e ciciou resolutamente um chamado:

– Pssiu!

O policial aproximou-se erguendo para o modesto sobradinho a cara interrogativa, que ficou iluminada de cheio pela claridade da lâmpada no teto. Era branco, moço; uns 25 anos talvez; bem apessoado; até um pouco distinto.

– Às ordens. Alguma alteração?

Sim, um pouco distinto, até na voz. Essa verificação provocava no íntimo de Madalena um júbilo triunfal. Não lhe respondeu, trêmula, o coração pulando no peito com 16 anos. Lançou enfim uma pergunta como evasiva:

– Qu'é-de o seu companheiro?
– Está lá para cima. Que é que há?
Ela se debruçou mais como procurando ver o companheiro nos arredores. Para ganhar tempo, esperar que o coração descesse da garganta para o seu lugar. Conseguiu falar baixinho, num tom de mistério:
– Ele é branco ou preto?
– É preto.
– Então tive sorte.
– Sorte?
– Porque eu podia ter chamado o outro.
– Chamado... pra quê?
– Não sei.
O homem espiava com uma curiosidade crescente o recorte da figura fina de mulher, somente iluminada por detrás, sem traços definidos. Não podia distinguir a expressão perturbada de Madalena que se calava. Subia agora a rua o piso descansado da montaria do outro soldado.
– Aí vem o seu companheiro. Vou entrar.
– Precisa não: ele é camarada e desliza...
– Desliza como?
– Antes de chegar aqui, se eu não chamar, disfarça e entra noutra rua qualquer: não empata...
A explicação fora dada com uma entonação pastosa, desagradável, e um sorriso intencional, simpático apesar de tudo. Madalena se debruçou mais resolutamente:
– Como é seu nome?
– Xisto.
– Eu preferia que você... que o senhor fosse Altamiro. Tenho uma cisma com Altamiro. Cismas de simpatia com este nome. Altamiro! Com este nome um homem deve ser simpático, nobre, altaneiro...
O rapaz riu de manso:

— Xisto não serve? Então fico sendo Altamiro.

O coração dela voltou à garganta, com a sensação de quem acertasse na vida, súbita e definitivamente:

— Quem sabe se você é mesmo Altamiro?

— Fico sendo...

— Assim não serve não.

Ela sorria contrafeita, desapontada. Xisto riu alto:

— Xisto está dispensado. Vou embora.

— Não ria tão alto que meu pai está dormindo aqui pertinho, nesta outra janela.

Ele tocou o cavalo para mais próximo da parede, sobre o passeio da rua:

— Escuta... Você é casada?

— Não: sou solteira. Fale mais baixo.

— Ahn...

Com o pescoço muito espichado, Xisto se esforçava para perceber as feições da moça, olhando-a com uma fixidez que a penetrava e perturbava. Aliás, os olhos dele já se haviam acostumado àquele jogo de luz e sombra e entrevia o rosto curto sobre os cabelos anelados, traços dos olhos, nariz e boca, tudo pequeno, delicado. Um ligeiro movimento da moça revelou, à claridade que vinha do teto, a pele morena da face esquerda, a curva lateral da órbita com rugas nitidamente recortadas, de cansaço ou de preocupação.

— Eu queria ver sua cara na luz. Você deve ser bonita.

— Não sou não, disse ela com melancolia. E se fosse?

— Se fosse... Mas é! Você é bonita... Se eu ficasse em pé no selim, podia chegar a mão perto dessa janela... apetar sua mão... dar um beijinho nela... até pular pra dentro do quarto.

Madalena ficou silenciosa.

— Quer ver?

Como ainda ela nada respondesse, ele mesmo atalhou sorrindo:

— Mas o cavalo ia embora. E amanhã eu pegava o xadrez. Xisto no *x*... Quer saber de uma coisa? Por você eu arrisco o xadrez...

Madalena continuou silenciosa.

— O diabo é que a montaria não é certa: pode sair do lugar e me dar um tombo... Escuta: por que você não abre a porta da rua pra gente conversar juntinho?

As pupilas dele pareciam arder. Madalena agitou levemente a cabeça, gesto não de negativa, mas de amarga censura.

— Se seu nome fosse Altamiro você não procederia assim. Eu acredito que o nome pode influir na pessoa. E Xisto deve ser um nome mau.

— Mau? Má é você, mesmo sem nome... E como é o seu?

— Meu nome pouco importa. Me chame de qualquer nome, qualquer coisa... Moça misteriosa, moça da noite...

— Dama-da-noite é uma flor que só cheira de noite. E você é uma flor ingrata!

— Sssiu. Fale baixo. Meu nome é Madalena.

Ele não podia notar o rubor intenso da moça, a excitação de quem estivesse entregando uma parte do seu ser. E riu baixinho:

— Justamente: Má... dalena. Mas não é Madalena arrependida, hein?

Ela se debruçou toda, todo o busto para fora da janela, como se quisesse cair sobre o soldado:

— Não tenho de que me arrepender... Queria ter de que me arrepender... Não ter família, ninguém, ninguém! Ficar sozinha no mundo. Sozinha e desgraçada. Porque agora não sou desgraçada nem feliz. Não sou coisa nenhuma!

— Pode cair, diabinha! que eu te seguro... Te levo na garupa pra onde quiser! Sozinha mas comigo, não é? E

115

sem desgraça... Você fica aí nessa janela falando em desgraça sem saber de nada do mundo. Sozinha mas comigo que já sou sozinho: não tenho ninguém...
— Coitado!
— Coitado por quê? Não gosto de ser chamado assim não. Coitado vai ele. Estou muito satisfeito com a minha vida... Não tenho ninguém mas quero ter você, Madalena! Desce até na porta. Desce um pouquinho só. Agora mesmo o meu companheiro volta. Ele pode dizer que esta conversa já está demais. É o primeiro-cabo, o chefe da patrulha. Agora mesmo ele vem e acabou-se... Desce um pedacinho, pedaço!
— Por que você é assim?
— Assim ou assado, estou gostando de você. Já que você me chamou, por que não desce um pouquinho até na porta? Fica boazinha...
— Pobre carne humana.
— Pobre vai ele. Não fala assim que até dá azar... Vem, Madalena!
— Fale baixinho, meu senhor.
— Senhor?

Ela alteara o busto, altiva, o olhar alto e longe, olhando de face o infinito:

— Quem sabe se noutro tempo e noutra vida você poderia ter sido o senhor do meu coração? Do coração desta Madalena?

— Não estou gostando desta conversa de outro tempo e outra vida, conversa de assombração... Daí a pouco você some sem sair do lugar: assombração!

Xisto riu alto, festejando a própria pilhéria. E foi então que viu Madalena levar a manga do quimono aos olhos.

— Uai... Você está chorando?

Ela não respondeu. Mas era certo que estava chorando.

– Chorando por quê?

A resposta jamais viria daquela boca, daquela cabeça pendida para a frente sobre o busto pendido, numa frouxidão de músculos, de nervos.

– Por que você murchou assim, Madalena? Desce até na porta, que eu te gosto. Te faço rir!

Ainda e sempre o mesmo silêncio. O soldado tocou o cavalo para a frente, em cima do passeio, até na porta da casa. Esperou. Depois voltou bruscamente as rédeas para o outro lado:

– Com licença. Boa noite.

Mas estacou ainda a poucos passos:

– Quer saber de uma coisa? Hospício pra uma!

E gargalhou cinicamente, cinismo e decepção; uma risada gutural, cortante como navalhada.

Madalena fechou a janela.

MANSINHO

— Padre Manuel Carlos! Padre Manuel Carlos!

Ainda não eram 6 horas e a névoa cobria todo o arraial, amaciando os ruídos matutinos, vozes de crianças nas ruas, gritos de criações nos terreiros. O chamado era estridente e assustado. O vigário, velho, tardo, pesado, surgiu à janela da pequenina casa paroquial.

– O burro morreu, meu padrinho. Deve ser picada de cobra.

– Hein?

– Encontrei o burro morto lá no pasto. Estendido no capim, mortinho... Deve ser picada de cobra.

– Hein?

Não era a surdez que fazia o vigário repetir tantas vezes a interjeição para o rapazinho preto parado junto à cerca: era a comoção da notícia da morte de Mansinho, o seu burro. Houve um momento de suspensão de toda a vida entre o pretinho campeiro e o padre que, afinal, deixou a janela, saiu pela porta, atravessou o jardinzinho cheio de hortênsias e disse secamente ao ganhar a cancela da moradia:

– Vamos até lá.

– O senhor não está acreditando?

– Vamos até lá.

— Mas é longe, meu padrinho...
— Vamos!

O rapazinho não teve outro remédio senão acompanhá-lo silenciosamente, nas passadas que principiaram rápidas mas logo se foram tornando lentas, à proporção que venciam a distância e a altura. Acompanhando-o, verdadeiramente se espantava do semblante doloroso do vigário, o que também não se explicaria apenas pelo esforço que aquela arrancada devia estar exigindo de seu velho e vasto corpo de 61 anos de idade. O rapazinho campeador não compreendia, sobretudo, o sacrifício daquela caminhada. Se o animal tinha morrido, que é que ele ia fazer lá. Era deixá-lo para os urubus lá mesmo. Para que andar tanto. O semblante do padre Manuel Carlos vedava qualquer pergunta ou qualquer observação a respeito: era segui-lo, e bem calado. Já tinham andado durante mais de meia hora, o rosto do padre se inundava de suor com a expressão invariável de mágoa, e ainda teriam que andar muito naquele passo.

O burro se chamava Mansinho e já havia nove anos que lhe servia nas viagens, para missas nas capelas dos lugarejos da freguesia, para levar os sacramentos longe, para socorrer espiritualmente os moribundos. Não um burrico bíblico; mas alto, vigoroso, ainda não alquebrado pela idade. Seguia os caminhos difíceis das serras pedregosas ou dos vales alagadiços a um simples toque de rédeas, sem nunca ser preciso usar a tala. Era forte e manso. Mansinho, diminutivo que não vinha do seu corpo, mas da sua tranquilidade perfeita. E inteligente, compreensivo, quase humano... Mas, muitíssimas vezes, padre Manuel já tinha tido a tentação de lhe dar integralmente esse último qualificativo. Parecia um pecado, mas chegava a se perguntar intimamente se dentro daquela alimária haveria uma *alma*. Nos momentos dessa interrogação irreligiosa, verdadeira tentação diabólica a lhe deformar a sua noção teológica de alma, afastava energicamente tais pensamentos, e às vezes tinha que se afastar do burro para se desembaraçar da onda de ternura em que se via envolvido para com aquele amigo dedicado e resignado. Isso acontecia comumente depois de longas e pacientes caminhadas, quando olhava o moleque desarrear o animal cansado, raspar-lhe o pelo suarento, dar-lhe milho no embornal, e os olhos do asinino o fitavam gratos e compassivos, a ele padre que acabava de lhe explorar as forças através de caminhos longos, duros, acidentados! Havia uma luz de consciência no fundo daqueles olhos? Não havia coisa alguma! gritava no seu íntimo a reação contra essa fraqueza, e o vigário se afastava; ou pelo contrário, se o pretinho já havia acabado de tratar do burro, tangia-o para longe a taladas irritadas, de que logo se arrependia...

Amigo dedicado e resignado: isto o padre sentia e proclamava livremente, sem ofender a Deus com aquele sentimento recíproco de estima entre o animal racional e o irracional. Fora mesmo a resignação do quadrúpede que gerara a estima logo nos primeiros dias em que o montava. Escorregando numa estrada íngreme e lamacenta, Mansinho fraturara uma das patas dianteiras num caldeirão formado pelas enxurradas. Padre Manuel Carlos fizera o resto do caminho a pé, puxando-o pelo cabresto, sofrendo de vê-lo suster-se mal nas outras três patas, durante o percurso por atalhos que nunca antes lhe pareceram tão ásperos e dificultosos. Um curandeiro veterinário, ou curador como se dizia por ali, viera a chamado do vigário, embora repugnassem a este as suas artes endemoninhadas, tanto que teve que protestar com toda a sua indignação evangélica contra as preliminares da cura, que consistiam na benzedura da pata. O velho mirrado, de voz mole e pigarrenta, deixara entender que a benzedura era uma espécie de anestesia regional e que, não fazendo, teriam – e tiveram – que amarrar bem o paciente, peá-lo violentamente, imobilizá-lo estendido no chão. Quando o curador, depois de distender a pata do paciente, procurava ajustar brutalmente os ossos retificando a linha da canela, padre Manuel Carlos, só ele, dera toda a sua atenção ao som que saía de entre os dentes cerrados da vítima imbele, talqualmente ao que o asno produzia no esforço de uma subida muito forte; – som que se foi repetindo dolorido, tentativa teimosa de um gemido incapaz de se formar, mas que se mostrou melhor pelos olhos de súbito molhados: lágrimas!...

Tratamento demorado, marcado de resignação, durante o qual o sacerdote ainda tivera que suportar a bazófia do homenzinho que atribuía a demora à proibição de rezas adequadas; até que o burro ficara curado, apenas com um ligeiro desvio na pata atingida.

Nunca mais obrigara Mansinho a trotar depressa, nem tal seria necessário. As viagens do pastor de almas eram sempre feitas a passos lentos da montaria. Porém muitas noites, sendo o padre chamado para dar a Extrema--Unção a um moribundo, Mansinho parecia compreendê-lo e acelerava a marcha varando a sombra noturna. Chegavam depressa aos quadros da morte que cortavam o coração do padre, na região humilde e pobre, entre a gente paupérrima que fazia questão de morrer de noite como por pudor, como para ocultar o exagero apoteótico de miséria dos últimos instantes, nas palhoças infectas. Padre Manuel Carlos não era exclusivamente o médico das almas como muitos outros: assistia o moribundo e sempre deixava com a família um pouco do seu dinheiro. Se se tratava de um agonizante malcasado, só no civil, ou simplesmente ajuntado, o padre fazia um casamento de última hora perante o Deus da agonia. E se chegava tarde para casar um moribundo amancebado, nem por isso deixava de socorrer com um pouquinho de dinheiro à companheira enviuvada e aos filhos espúrios, certo de que naquele momento Deus já estaria perdoando todos os pecados do que morrera.

O pouco dinheiro que podia distribuir não o livrava de voltar para casa de alma alanceada pelo que vinha de presenciar. Apeava na cancela e antes que o preto viesse desarrear o animal, padre Manuel ficava parado e apoiado ao amigo, como incapaz de se suster sozinho.

– Quanta miséria no mundo, hein, Mansinho!

Sentia na sombra da noite ou à claridade do céu quando estrelados, os olhos compreensivos do amigo burro que voltava a cabeça ao escutar o seu nome. Era a única criatura a que fazia tal confidência, empregando todas as forças na sua missão para com os homens, que era animá-los, socorrê-los com incentivos, prepará-los para a vida eterna, fazendo-os aceitar os sofrimentos como provações impostas por Deus no caminho do céu, evitando sempre mostrar-lhes aqueles instantes do seu desmantelo moral diante de irremediáveis indigências materiais do mundo.

O animal estava hirto e teso no chão junto a um cupim, com o pelo rosilho eriçado, o focinho voltado para a vereda aberta no capim, por onde eles chegavam, os olhos voltados para a vereda como esperando que o padre viesse vê-lo; mas vítreos, inexpressivos, terrivelmente dilatados.

– Fecha os olhos dele.

O moleque hesitou uns segundos, diante de tanta esquisitice: pondo-se de cócoras, puxou com os dedos em pinça as pálpebras por sobre as pupilas negras;

porém as pálpebras se encolhiam elasticamente quando os dedos as deixavam; olhou o vigário, esperando que este estivesse acompanhando o seu esforço obediente e verificando assim a impossibilidade de cumprir a ordem. Entretanto padre Manuel Carlos, passeando o olhar pelo morto, apenas disse:

– Vamos enterrar ele... Aqui mesmo. Vai na roça do Chico Antônio e chama uns homens com as enxadas. Ah, eles não estão trabalhando hoje... Vai na fazenda do Chico Antônio e pede uns camaradas com as enxadas. Pode explicar pra que que é. E vai depressa!

O negrinho saiu correndo. E quando voltou, depois de mais de uma hora, com seis enxadeiros comandados pelo próprio Chico Antônio, dono da fazenda de Água Limpa, ainda estava o vigário junto ao asno morto, debaixo do sol já avançado.

– Bom dia, seu vigário.
– Bênção.
– Bênção, meu padrinho.
– Bênção...
– Deus abençoe a todos.
– Deve ser picada de cobra, disse o fazendeiro, homem amarelo e quarentão, arrevesado e implicante, que talvez tivesse vindo só para constatar pessoalmente aquela esquisitice, pois com mal fingido interesse verrumava com os olhos a cara do sacerdote. A gente pode procurar o lugar da picada.

Padre Manuel fez um gesto negativo, – de que não lhe interessava a causa da morte. E acrescentou secamente:

– Só quero que o enterrem.

Abriram a cova larga e funda, trabalho moroso, pois dispunham só das enxadas para cortar e retirar a terra. O fazendeiro, à medida que o buraco ia adquirindo a forma retangular, sentia uma repugnância estranha em ter que enterrar um burro numa cova igual à dos homens. E mur-

murava baixinho a seus camaradas, com um sorriso meio escondido, que teria sido melhor mandar chamar o Deco, coveiro do arraial, – ao mesmo tempo ele próprio ia dando enxadadas nas bordas para destruir aquela forma regular de sepultura. O padre não dizia nada, passeando alheiamente de cá para lá, entre o cupim e o morto, debaixo do sol alto, e enxugando de vez em quando o suor do rosto.

– Pronto, padre Manuel.

Ele aproximou-se e ordenou com um gesto que arrastassem Mansinho. Quatro homens o agarraram, pela cabeça, pelas patas, pelo rabo, atirando-o lá no fundo. O rosto do sacerdote estava mais suarento e mais pálido, à opressão de um combate íntimo de que os circunstantes ignaros jamais desconfiariam. Seria mesmo uma impulsão do demônio? Ou de Deus, de um Deus de todas as criaturas, de todas as almas, mais racionais, menos racionais, igualmente dignas de dó e de misericórdia? Pegando de uma enxada, o padre atirou na cova a primeira pá de terra, que tombou sobre o ventre inchado com o mesmo ruído surdo que faz sobre um caixão de defunto. Dentro de um zumbido de tonteira, soavam-lhe na cabeça as palavras que não queria pronunciar: – *Requiem aeternum dona ei, Domine, et lux perpetua luceat ei...* Liberto da opressão, mas extenuado, entreparou à beira do buraco, enxada em punho, e percebendo que os roceiros o espiavam interditos e curiosos, gritou-lhes asperamente:

– Quem é que estão esperando? Andem com isso!

A terra começou a cair sobre o corpo e o velho se afastou dizendo para o fazendeiro:

– O senhor manda lá em casa receber a paga do serviço.

– Ora, eu lá vou cobrar isto do senhor, padre Manuel?

Quando o velho se afastou sem se despedir nem lhe agradecer, o fazendeiro acrescentou:

– Caduquice. Caduquice da boa.

Ao passo que a terra era rapidamente atirada sobre Mansinho, padre Manuel Carlos ia andando devagar acompanhado pelo moleque. Devagar, castigado agora pelo sol a pino, na direção do arraial, cuja igrejinha já enxergava no alto, de légua e meia de distância. Teriam que descer muito, atravessar o córrego, tornar a subir, descer, subir... Devagar, porém mais leve e mais seguro. Quando chegou à margem do córrego, bebeu nas mãos numerosos goles d'água e atravessou a pinguela de uma tábua sem corrimão, começando a subir de novo. No ar luminoso vibraram as badaladas de um sino, do sino grande de sua igrejinha. Era o sacristão que tocava meio-dia. Meio-dia... e ele se esquecera de dizer missa! Se esquecera pela primeira vez em toda a sua vida de padre. O sentimento da culpa enorme invadiu a sua alma e sangrou o seu coração engambelado pela tentação diabólica. Caiu de joelhos, curvando-se, confundindo-se com o pó:

– Perdão, meu Jesus! Perdão, meu Deus de misericórdia! Perdão, gloriosa Sant'Ana!

Durante mais de três meses padre Manuel Carlos experimentara exercer o sacerdócio sem o auxílio da montaria. Os fiéis abastados, residentes longe, já se haviam amoldado à situação, e quando careciam de seus cuidados espirituais, mandavam-lhe um animal para se locomover a cavalo. No entanto sua freguesia era grande e paupérrima: poucos podiam lhe facilitar a locomoção. Havia muitos lugarejos espalhados pelas distâncias, com capelas aonde antes ele ia dizer missa de longe em longe, oportunidade para celebrar matrimônios, para provocar o casamento dos malcasados, para batizar tantos meninos. Os casais estariam se juntando simplesmente, por falta de padre; os malcasados continuavam assim; os meninos estavam pagãos, e como morriam muitos, eram tantas pequenas almas para o Limbo... Dentro de um espaço de duas, de três léguas, a fim de socorrer um moribundo, ainda tentava ir a pé, para sofrer a decepção de quase sempre chegar tarde. Morria-se sem confissão, sem os santos óleos!

Deliberou então amealhar dinheiro para adquirir um novo burro. E com cinco meses de economia tinha oitenta e cinco mil-réis, quantia ridícula para quem precisava de uma alimária grande e resistente, capaz de conduzir o seu vasto corpo e de vencer assim longas distâncias. Buscava sempre se informar sobre quem pudesse ou quisesse vender um cavalo ou um burro, de preferência este, mais duro e pacato. Chegou-lhe um dia a notícia de que o mesmo fazendeiro Chico Antônio declarara que venderia por qualquer preço o burro que tinha para seu uso pessoal, novo e vigoroso, de pelo queimado e uma estrela preta na testa, animal em que o padre já o vira montado a fazer visagens dominicais no arraial: vendê-lo-ia por qualquer preço porque Estrelado dera para empacar, talvez num capricho de excesso de trato; e como o fazendeiro houvesse tentado desempacá-lo a esporadas irritadas e taladas na cabeça, o burro atirara-o no chão com um pulo inesperado de revés... Padre Manuel Carlos soube de tudo isso e despachou o moleque com um recado: – se Chico Antônio aceitasse noventa mil-réis, podia mandar o Estrelado. O fazendeiro soltou uma risada:

– O caduco está querendo virar peão, gente!

Rindo, ele, a mulher, os filhos, as filhas, os empregados da Água Limpa, Chico Antônio mandou selar uma besta, cavalgou-a e arrancou logo para o arraial levando Estrelado pelo cabresto. O vigário veio para a cancela recebê-lo com um coração de menino pulando no peito.

— Aqui está o burro, padre Manuel. Falei que vendia mas só por falar, na hora da raiva; mas pro senhor sustento a palavra... O senhor já sabe que ele é empacador? Que não sai do lugar com a gente em cima nem puxado pelo cabresto? Que se a gente mete a espora ele salta? Que nem peão aguenta o salto de lado que ele dá? (O padre ia sacudindo a cabeça afirmativamente: sabia de tudo aquilo.) E quer comprar assim mesmo? Então... uma condição... O senhor me devolve o burro se não puder com ele?

— Por que é que não hei-de poder, seu Chico? perguntou o reverendo com mansuetude.

— Mas... só se ele está com o capeta no corpo e o senhor quer tirar o capeta antes de montar!

Padre Manuel Carlos riu-se com uma segurança inexplicável:

— Não fale em capeta, seu Chico, que o sujo não entra neste negócio, graças a Deus todo-poderoso. Se aceita os noventa mil-réis, aqui tem o dinheiro...

A notícia do negócio correu logo o arraial, espalhada pelo próprio vendedor: o velho vigário estava querendo virar peão. Os seus paroquianos se impressionaram com isso, pois na idade do padre uma queda da sela seria a morte... O asno era teimoso e estúpido. Por outro lado, conheciam que a mansidão do pastor de almas podia às vezes se transformar em cólera, como acontecia quando os fiéis se distraíam em namoros e conversinhas durante as cerimônias religiosas, e ele chegava a expulsá-los da igreja com a revolta de Cristo contra os vendilhões do templo, ameaçando-os até de pancadas. O asno era um asno, mas o velho padre podia vir a perder a paciência com ele, esporeá-lo, bater-lhe, — para ser jogado fora da sela! As beatas sobressaltaram-se histericamente e organizaram uma comissão para ir dissuadir o pároco daquela maluquice de sexagenário. Simples e direto, às primeiras palavras da diretora das Filhas de Maria, que lhe apareceram em comissão, padre Manuel Carlos se irritara um pouco e despachara-as para que cuidassem de suas prendas domésticas: pensariam que ele estivesse doido? Permaneceu o ambiente de ansiedade pelos acontecimentos, com os comentários de janela em janela; a dúvida, alguns risos, até algumas apostas; e rezas...

Ao primeiro chamado para preparar uma alma prestes a deixar o corpo (na fazenda do Chico Antônio, como se fosse de propósito), o vigário cavalgou calmamente o Estrelado, atravessou lentamente a localidade, cujas janelas se encheram de caras curiosas, e subiu o morro até quebrar a lombada. Por acatamento ou receio de sua cólera, ninguém ousou segui-lo, aconselhando-se apenas o seu moleque a que o fizesse, às ocultas, de certa distância. Quando o moleque também quebrou a lombada, viu logo o cavaleiro parado mais embaixo. Era certo que o burro estava empacado, recusando-se a seguir viagem, logo no começo desta. Escanchado na sela, padre Manuel Carlos não fazia o menor movimento. O negrinho aproximou-se e observou-o de trás de uma moita: o padre abrira o Breviário e estava lendo-o. Lendo. Rezando. Lendo. Quanto tempo se passou? Talvez horas. O sol percorrera grande espaço do céu. Padre Manuel Carlos lia, mas toda a sua fé ardia numa prece para que Deus fizesse o moribundo esperá-lo. O sol continuava a avançar. E depois de ter por várias vezes procurado mudar a posição das patas para suportar aquele peso e aquela paciência, Estrelado se moveu continuando o caminho... O moleque abalou para o arraial, a contar alegremente o que vira.

E foi assim: uma longa, longuíssima aplicação de paciência. Decorriam meses e o vigário ia e vinha sobre o quadrúpede que fora perigoso. Mesmo dentro das ruas padre Manuel Carlos já tinha sido forçado a rezar o

Breviário sobre a sela. Os habitantes passavam e lhe pediam a bênção com um sorriso, sabedores daquela aplicação; alguns paravam, na esperança de presenciarem a vitória da paciência, e acabavam seguindo; outros surgiam e se iam; afinal, os últimos gozavam o triunfo do cavaleiro, mas sem estardalhaço, pelo respeito ao sacerdote: Estrelado resolvia andar. Até à noite, na estrada, o padre lia; fingia que lia, ou com o livro aberto repetia de cor as suas orações noturnas, até que a alimária voltasse a caminhar. Com o correr do tempo o problema se foi simplificando. Já quando o burro estacava num lugar, bastava o padre tirar do bolso da batina o livro e abri-lo para convencer Estrelado da inutilidade do empacamento.

No entretanto, durante tantos meses, o vigário jamais pudera deixar de levar consigo o livro, como era do seu dever; nem o abandonava um receio – de que a montaria se irritasse de um momento para outro e desse o famoso salto de revés...

E assim chegou novo dia de Sant'Ana, um ano certo sobre a morte de Mansinho. Tinha sido para o padre ir às festas da Santa, padroeira do povoado do Morro de Sant'Ana, que o pretinho fora campear o burro e o tinha encontrado morto. Os habitantes daquele povoado não desejavam que as festas falhassem como no ano anterior. Às 5 horas estava um próprio à cancela da casa paroquial, conduzindo um bom cavalo para o vigário. Padre Manuel Carlos tinha despertado com a lembrança daquela manhã, e conturbado, confuso pela recordação daquelas fraquezas passadas. Declarou ao mensageiro que viajaria mesmo no seu burro e lhe entregou a mala com livros e paramentos, mandando-o ir na frente, de um modo peremptório. Quando o moleque surgiu com Estrelado, montou-o ainda turbado, distraído...

– Vamos, Mansinho.

E humilhado ao ouvir com surpresa o murmúrio das próprias palavras, que escapavam de sua boca numa confusão estranha... O amigo dedicado e resignado! Queria ir e não ir até lá...

A névoa cobria o arraial. Começavam os ruídos matutinos. Cinco horas. Atravessou lentamente as ruas. Resolutamente, tocou pelo atalho do morro, vadeou o córrego perto da pinguela, passou a porteira do pasto, penetrou em pleno capinzal rasteiro. Deus lhe perdoaria! Era impossível descobrir o lugar, ainda mais com a névoa baixa... Ocorreu-lhe uma ideia que era uma superstição, um novo pecado: – deixar que Estrelado fosse andando com as rédeas soltas, para que o seu *tino* desse com o local almejado. Porém o burro andou, andou muito, até junto de uma cerca divisória. Padre Manuel Carlos mais uma vez pediu perdão a Deus e puxou suavemente as rédeas para uma direção que lhe pareceu ainda não percorrida. Quanto tempo já teria passado? Cresceu dentro dele uma aflição infinita, a certeza de que estava sendo castigado na sua franqueza vergonhosa, – de que horas já se haviam escoado e a festa de Sant'Ana não se realizaria. Tal a certeza, a tortura, que nem se atreveu a consultar o relógio. O burro marchava devagar dentro da névoa que se esgarçava. E aquela aflição, forte para atormentá-lo, fraca para fazê-lo sair dali, daquele pecado em que rodava sem rumo como num círculo de suplício diabólico...

– Perdão, meu bom Deus! Se ainda mereço perdão...

Estrelado estacou suavemente, e não de súbito, como costumava fazer para empacar. Trêmulo, angustiado, padre Manuel Carlos nem percebeu que ele próprio é que colhera suavemente as rédeas, diante de um montículo, de uma pequenina, humílima elevação que, embora coberta de capim, indicava que ali a terra havia sido antes revolvida e amontoada. Amontoada sobre Mansinho. Não havia dúvida, pois lá perto ainda estava o cupim. Desmontou, agradecendo a bondade de Deus que o orientara depois de tê-lo castigado durante tantas horas. E esteve ali por alguns minutos, fiel à vontade divina, sem ter o pensamento de envilecer uma oração para com a memória do irracional, mas se lembrando de Mansinho, de sua resignação, de seus olhos compassivos...

Antes de montar de novo, teve o gesto que já se lhe tornara habitual: – verificou se o Breviário estava no bolso da batina. Não o encontrou: na sua confusão estranha, tinha-o enviado na mala, com os paramentos... Estrelado já andara demais, durante horas seguidas, e cansado assim empacaria, não podia deixar de fazê-lo. E ele sem um livro para abrir... Um novo castigo para suas fraquezas irremediáveis! Montou e apesar de toda a sua inquietação, disse docemente:

– Vamos, meu amigo.

A alimária começou a caminhar obedientemente na direção da porteira que já se podia ver na névoa esgarçada. A alma de Padre Manuel Carlos exultou de alegria, mas ainda inquieto consultou o relógio: 18 horas! A gloriosa Sant'Ana não ficaria sem a sua festa... Atreveu-se a animar com um toque de rédeas o andar do burro, enquanto se curvava um pouco para a frente e batia-lhe com a mão na tábua do pescoço, repetindo:

– Meu amigo.

Estrelado nunca mais empacou.

FOGUETES AO LONGE

Eduardo – me contou a viúva – era um pouco estranho, mas bom marido. Às vezes tinha ideias trágicas e proclamava que era até capaz de morrer, não sei se por suicídio, mas devia sê-lo, uma vez que cada qual carrega sem alarde a capacidade de morrer naturalmente.

– Se você morrer, prometo que não serei viúva alegre, mas triste. A viúva mais triste que já tenha existido...

Eduardo sabia me beijar, mesmo depois dessas brincadeiras, cheio de repente de uma fome de vida que era um encanto. Parecia então que íamos viver eternamente. Ou por outra, nós vivíamos eternamente um minuto, eu e Edu, Edu somente nesses momentos de infinita ternura. Porque, como homem esquisito, correto e sisudo, meu marido não gostava de ser chamado por um apelido qualquer; apenas, por uma concessão ocasional e extrema, Edu! Me desculpe o suspiro, mas a verdade é que fiquei sendo mesmo a viúva triste.

Naquele tempo, eu sabia tocar piano, e cantar, muita coisa bonita, até pedaços de *A viúva alegre*, e daí aquela brincadeira... Eu tocava, ele cantava também, à noite, antes de deitar, às vezes com algumas visitas da cidadezinha, na nossa pequena sala, na nossa pequena casa. Esta ficava no fim da rua, ou melhor, um pouco afastada da cidade, propiciamente isolada no alto, junto da ponte onde costumávamos passear à tarde depois do jantar. Chamavam-na de Ponte do Boqueirão, – sobre uma garganta abrupta e um corguinho modesto lá no fundo, olho-d'água de montanha, tão modesto que quase não se ouvia o murmúrio da corrente, a não ser na estação das chuvas que a engrossavam um pouco...

 Tudo me veio à memória e à fala ao ver aqueles foguetes estourando ao longe, lindos foguetes de lágrimas, está vendo? Tão longe que os vemos mas não os ouvimos, por mais que apliquemos os ouvidos. Que mãos estarão soltando aqueles foguetes? Que olhos acompanharão a sua trajetória, a sua explosão, os clarões que escorrem no céu noturno? Não sabemos dessas mãos e desses olhos, nem nunca jamais saberemos. Eduardo também não sabia. Da ponte ou da janela da nossa casa, na nossa cidadezinha sobre a montanha, víamos às vezes foguetes tão longe, num arraial ou numa fazenda, em qualquer núcleo ignorado de gente que só se nos revelava por aquele clarão repentino no céu, o qual não era nem apelo de solidariedade, nem sinal de irmãos distantes, nem nada. Seriam alguns espíritos vazios procurando se encher, como balõezinhos de borracha, com a fumaça dos foguetes: se divertindo dessa maneira! Porém Eduardo às vezes se impressionava com o fato corriqueiro:

 – Esquisito, Maria... Vejo foguetes ao longe e fico com vontade de estar nos lugares desconhecidos de onde eles sobem para o céu. Mas, se estivesse lá, talvez nem ligasse para os foguetes e preferisse estar aqui...

 – Então, Eduardo, você prefere os foguetes a mim?

 Esta minha pergunta, repetida muitas vezes, mostra que eu não compreendia o meu pobre Edu... Não me respondia e se calava num meio sorriso de desdém que me despertava verdadeira cólera. Porque aquele sorriso

me fazia justamente compreender que não compreendia certas sutilezas do seu espírito, relacionadas com foguetes ao longe. Eu amuava até que ele mesmo, dentro da sua superioridade, voltava a provocar qualquer assunto de conversa, espécie de balão de ensaio para a reconciliação. Quando eu ainda ficava calada, ele se humilhava um pouquinho:
– Me desculpe, Maria.
– Desculpar de que, seu bobinho?
– Dos foguetes...
Era tão tolo o motivo da rusga que acabávamos rindo muito, abraçados e felizes. Isso acontecia na cidadezinha em que meu marido ocupava um lugar relativamente importantíssimo: gerente do único escritório local de banco. Casáramos quando eu lhe disse que não me importava de ir na companhia dele para qualquer lugar.
– Pois bem, Maria. Para melhorar no banco, posso pedir a gerência de um escritório de cidade pequena. É um ordenado com que poderemos começar a vida com folga de dinheiro, ter filhos sem pensar no dia de amanhã, até realizar umas economiazinhas. Depois me candidato a uma agência qualquer. Mas é preciso ter paciência no começo, naquela vidinha... Porque exigem um longo estágio naquele posto de sacrifício, quando não se tem muita proteção.
– Que vidinha, se a vida vai ser nossa? Mesmo se fosse para ficar lá a vida inteira!
Ele me beijou e combinamos o casamento para março. Me lembro bem de março, porque fizemos uma viagem terrível, a cavalo, por estradas hediondas, com chuva e lama... Para atingir aquele punhado de casas desmanteladas, em cima da montanha! Imagine você, na casa que alugáramos nem banheira havia, até que Eduardo mandou buscar uma e a instalou por conta própria, o

que foi uma grande novidade na cidade, contemplada pelos maiorais quando nos visitavam... Para alimentar a caixa-d'água, se lembrou de canalizar um pouco do corguinho que descia pela montanha, coisa ainda de maior sucesso entre os maiorais. A cidade já tinha mais de século e ninguém tivera a ideia de fazer o aproveitamento da água, só o genial do meu marido, ao mesmo tempo festejado e acolhido com uma certa desconfiança, como gênio... Aliás, justiça seja feita, havia os restos coloniais de uma canalização de pedra seguindo pelos quintais, antiquíssima e inutilizada; é que o córrego, outrora dócil, tivera o capricho de ir abrindo, com a ajuda das enxurradas, aquele boqueirão da ponte, e se despenhar inteiramente por ali, modesto mas livre, senhor de uma liberdade que parecia garantida pelo relaxamento dos tempos modernos... Decadência! Eduardo realizou despesas extraordinárias, a devorar as possíveis economias. Só era barato o aluguel da casa: tudo mais custava um preço! A região não produzia nada e tudo vinha de fora, lá de baixo, tudo... Mas íamos vivendo, e felizes...

A única rua, de que partiam alguns becos que terminavam no mato rasteiro de um lado e de outro, sem ordem nem alinhamento, assim como um rio e seus afluentes num mapa (tenho esse aspecto na memória, pois que da nossa casa via a cidade inteira), a única rua principiava onde a estrada terminava, e vinha subindo justamente no vértice da montanha, até na nossa morada, perto da outra saída que se fazia pela Ponte do Boqueirão, sobre o medonho precipício, para subir ainda mais, não me preocupava até onde, porquanto ali já me parecia o fim de todas as coisas e de todos os caminhos possíveis... E o córrego lá no fundo, pelejando para ser ouvido, escondido entre as samambaias. Também me lembro bem das samambaias, pois, ao ver tantas e tão variadas, rodeei com elas a nossa casa, enchi com elas algumas latas de manteiga e de banha para as salas e o quarto. Eduardo chegou um dia a casa rindo muito: comentava-se na rua aquele meu gosto por aquela planta de terreno ruim, quase que uma loucura minha, no ver daquela gente nascida e criada entre samambaias.

Quando noiva, não tinha a coragem de dizer a Eduardo que... que não desejava ter filhos. Disse-o logo depois do casamento. E lá, a possibilidade da gravidez me causava verdadeiro pavor, num lugar sem recursos, que nem médico possuía por aquele tempo! A realidade é que, dentro de meses, ainda com esse erro fatal impedindo perspectivas maternais, fui percebendo que somente carinhos não preenchem todas as horas da existência e que, fora de casa, ao contacto de conversinhas e mexericos que não podiam me interessar, a vida se estava tornando de uma monotonia neurastenizante. Pedi a Eduardo para mandar buscar o meu piano, mesmo com todos os riscos de uma viagem acidentada.

– Por que você não espera mais um pouco? É um perigo, Maria! O piano tem que vir num carro de bois, aos solavancos por essas subidas. Uma loucura!

– Mas a filha do Camacho não tem um piano? O piano dela não chegou aqui?

– Chegou. Mas...

– Pois bem: eu quero. O piano é meu e você só tem que pagar as despesas do transporte.

– É o cúmulo você falar assim. Como se alguma vez eu lhe tivesse negado alguma coisa! E me lembrando que... Vá amolar o boi!

Foi a nossa primeira briga séria. Não esperava aquela reação de Eduardo, tão bom, tão cordato. Assim mesmo, reação um pouco infantil: amolar o boi... Caí em mim, como culpada, e corri atrás dele que saíra de casa

e ia subindo na direção da ponte. Chamei-o e parou logo, como se não desejasse outra coisa.
— Bobinho! Não vou amolar o boi não. Você é que vai contratar o carro de bois...
Continuamos a subida, abraçados, até que nos amparássemos no parapeito da ponte, como fazíamos todas as tardes, a olhar para longe, sucessão tentadora de montanhas, vontade de partir...
— Olha aquela florzinha ali, disse eu indicando umas plantinhas novas à beira do precipício, uma florzinha vermelha de apenas quatro pétalas muito compridas, espetadinhas, desajeitadas, como um esforço supremo do terreno pedregoso para se enfeitar e alegrar de algum modo.
— Você quer aquela flor?
— Se quisesse, você ia buscar?
— Isso mostra que você quer, femininamente... murmurou ele gentil apertando o braço que colocara sobre o meu ombro. Pois voi buscar a florzinha.
— Que loucura, Eduardo.
— Você vai ver.
Teria sido inútil procurar impedir aquela resolução bonita, mesmo porque nem por um minuto pensei na possibilidade de um acidente, naquela primeira grande resolução da sua vida, ele tão precavido e metódico.
A plantinha estava do outro lado da ponte, num local em que se iniciava ainda pequeno um novo boqueirão à margem do outro, com uns dois metros de fundo, mas que com o tempo viria a exigir mais ponte se não se lembrassem — e não se lembrariam — de tomar a providência de um muro de arrimo. De um salto, o meu maridinho atravessou aquele buraco da erosão e fincou os pés no barranco. Movimentos rápidos, de uma precisão admirável! Com o próprio impulso do salto, firmando os pés no pequeno espaço que restava de um antigo plano

derruído pelo novo projeto de precipício, o seu corpo teve que se encostar todo contra o barranco e uma das mãos erguidas pôde colher a flor, para imediatamente aproveitar o impulso contrário do corpo e realizar o pulo de regresso à estrada e aos meus braços, como um triunfador romanticamente sorridente. Compreendeu? Parece que expliquei bem, de tanto que tenho pensado naquilo... Num movimento ou no outro, principalmente no segundo, de costas, se houvesse o engano de um milímetro, ele tombaria na escavação menor e se não encontrasse nada a que se agarrar, rolaria para o despenhadeiro... Pensei nisso só depois de praticado o feito, ao receber a flor.

– Louco! Louquíssimo! exclamei sorridente, mais para valorizar o feito. Olha o lugar aonde você podia ter ido parar...

Eduardo olhou para o fundo, através dos balaústres da ponte, para o mistério dos tufos de samambaias de que subia o murmúrio da água invisível. E estremeceu. E empalideceu agarrando-me como para se livrar da queda no abismo ou para que não tombasse sozinho. Vi como era sensível e contraditório o meu Eduardo! Aquela atitude desmerecia a façanha, mas não lhe dei demonstração disso. A sua mão querida tinha trazido a flor e o pé, terra e pedras.

– Vamos plantar numa latinha, para a janela do nosso quarto.

O piano veio e foi uma outra lua de mel. Eu sabia tocar bem, do que me esqueci com esta vida atribulada... Cantávamos, e a cidadezinha, encolhida e bisbilhoteira, escutava. E os dias foram correndo, mais monótonos, menos monótonos. Meses. Um ano.

Fizemos então uma viagem para visitar a minha família e para que Eduardo tratasse da sua remoção para uma cidade melhor, ainda que não fosse uma promoção. Que felicidade estar longe daquela prisão! Mas que medonho suplício voltar... E suplício ainda mais medonho pela desilusão com que regressávamos: o diretor-gerente não dera nenhuma esperança ao meu marido. E por motivos que me pareceram um verdadeiro absurdo! Os gerentes se recomendavam pela produção dos escritórios e agências, que era o que os indicava à remoção e à promoção. E o nosso escritório estava em último lugar, e estaria abaixo do último, se fosse possível... Eu me perguntava que culpa tinha Eduardo nisso, se a região não prestava para nada. Hoje penso que, de nenhum modo, ele podia ter culpa dos caprichos do destino. Então, ainda que procurando defendê-lo, começava a olhar o meu pobre marido como homem sem qualidades pessoais para triunfar na vida. Não era falta de amor, que eu me agarrava desesperadamente aos seus carinhos naquela monotonia, mas era falta de amizade. Aliás, ele próprio havia me explicado que em alguns casos de protegidos e de achegados, a diretoria costumava fechar os olhos ao rendimento dos escritórios. Logo, a regra não era absoluta e a culpa não era apenas da cidadezinha.

Eu olhava para as casas espalhadas em cima da montanha e chorava com vontade de morrer. Raramente cantávamos. Raramente sorríamos. O nosso amor, se aquilo ainda era amor, era cada vez mais um desespero de náufragos, que nos esgotava e não nos consolava. Eu, pelo menos, era uma náufraga. Eduardo exteriormente ainda continuava tranquilo. Triste, sempre o fora um pouco, mas agora até disfarçava sua natural tristeza, como compensação ao meu desalento. Disfarçava mal, pois não era homem que se dominasse.

Já não importava que me chamassem de orgulhosa e de importante: não pagava as visitas nem visitava aquelas famílias de habitantes que não pareciam pessoas humanas. Às vezes me descontrolava com Eduardo e o acusava chorando de me ter trazido para aquele pesadelo de cárcere perto das nuvens. Tudo exagero de menina mimada! Então resignadamente ele sorria como diante de uma criança, desculpando-me a criancice:

– Mas eu ainda tenho esperanças. Mari querida! É só uma questão de tempo, de paciência.

Saíamos de casa, não já para descer até às outras criaturas, mas unicamente para nos debruçarmos sobre o parapeito da ponte, a olhar os horizontes noturnos, como náufragos à espera de uma embarcação qualquer que viesse navegando entre as nuvens. Eu, pelo menos, como náufraga. E nunca vira tantos foguetes ao longe! Parecia que toda a gente, dos pequenos povoados e das fazendas decadentes daquelas lonjuras, começara a soltar foguetes como derivativo para a própria monotonia. Imagine você que eu nem percebia que estávamos no mês de maio, dos meses de Maria, das festas de Santa Cruz. Com o frio, nós íamos embuçados em capotes e a paisagem às vezes se embuçava. Mesmo assim os foguetes ao longe, ainda mais misteriosamente! Sabendo que me desagradaria mais do que nunca, Eduardo já não manifestava aquele desejo de estar lá e ali ao mesmo tempo... Aliás, pouquíssimo conversávamos, horas de contemplação muda.

Um dia, ele me anunciou que a gerência de um escritório próximo se havia vagado. A outra cidade, na mesma zona, era um ponto de passagem para ali e nós já a conhecíamos, igualmente decadente. Só por teimosia é que a diretoria podia manter escritórios naqueles lugares! O meu marido estava deliberado a pedir a sua remoção para a vaga.

– É quase a mesma coisa. Mas, em todo o caso, muda-se de ambiente e fica-se mais perto da civilização.

Começou a redigir a carta, na minha presença, à luz triste do lampião de querosene. Lembro que, quando escreveu *peço*, eu lhe tomei o lápis, riquei essa palavra e escrevi acima: *imploro*.

— É um absurdo, Maria! Nada de humilhações que revelam falta de caráter.

— Eu quero assim, Eduardo! Pelo amor de Deus! E diga ainda: *É também a prece de uma esposa doente!* E você acha que de outra maneira pode arranjar alguma coisa na vida?

Estava tão sucumbido que escreveu como eu queria, sem reagir àquela pergunta. Uma prece! Dirigimo-nos ao diretor-gerente como a um deus mal-intencionado... E a resposta veio logo, negativa e seca. Já estava preenchida a vaga, por um funcionário com maiores possibilidades. E algumas instruções reservadas, que eram uma censura para o meu marido: naquela região havia fortunas guardadas em casa e transigia-se pouco, sem a intervenção do banco, pela simples razão de que ninguém compreendia a utilidade das atividades bancárias: era atraso e desconfiança; portanto, ao gerente competia até uma ação social, conviver cordialmente com os homens de fortuna, com os proprietários, com os fazendeiros, com os negociantes, com os homens capazes de alguns empreendimentos; conviver com todos cordialmente, jogar com a simpatia pessoal, agradá-los mesmo com exuberância, para depois então lhes esclarecer as vantagens e facilidades de um banco. Eram instruções, concluía-se, que não precisavam de ser escritas para um gerente compenetrado da sua função e que deviam ser conservadas em rigoroso sigilo, mesmo para os dois auxiliares de Eduardo.

— Imagine, Eduardo! Jogar com a sua... *simpatia pessoal*!

Ri-me desapiedadamente, acentuando numa inflexão ridícula de voz toda a força negativa que dera àquelas últimas palavras. Ele me olhou sombriamente, guardou no bolso a carta que acabava de me mostrar e saiu pela porta afora. Na direção da ponte, que parecia ser a única solução para cada momento sem solução...

Acompanhei-o, mas sem pressa alguma. Me debrucei também no parapeito da ponte, sem dizer palavra. Ele suspirou profundamente.

– Você vê, Mari querida, que ainda tem remédio, murmurou sem convicção. Não sou um sujeito fracassado. Podemos voltar a conviver com essa gente. É preciso. E você, inteligente como é, pode me ajudar muito, agradando-os, visitando as famílias, inventando festas, promovendo a sociabilidade...

– Conviver com esses espantalhos, nunca!

– Então, por motivo de doença, você volta para casa... até que eu consiga ser removido.

– Eu? Sou orgulhosa, você sabe bem! Saio daqui, com você. Mas não acredito que você saia não...

E me ri do mesmo modo desapiedado. E me vieram palavras, uma torrente de palavras, discorrendo sobre o que seria a nossa vida inteira naquele lugar sem conforto, sem higiene e sem dinheiro, pobres, sempre paupérrimos, com um ordenado que mal chegava para as despesas comuns. E já que não íamos sair dali, podíamos ter filhos, muitos filhos, que era a maior atividade local, meninos barrigudos e amarelos como todos que brincavam pela rua.

– Posso até morrer de parto, que me importa?

E podíamos até, continuei, podíamos até mais para diante adquirir um papo, como o tinha a maior parte dos habitantes, inclusive alguns daqueles pobres-diabos que se julgavam importantes naquele lugar sem importância nenhuma, e que pareciam ter o rei não na barriga mas no papo...

Lembro-me de que ri, eu mesma surpreendida por aquela pilhéria que me escapara na torrente de invectivas. Eduardo, porém, nem sorriu. Estremecia de vez em quando, o que me parecia a falta do capote, sempre muito sensível ao frio. Num mutismo espectral. A tarde nublada se tornara noite, e ele estremecendo calado... Foi então que na Praça da Matriz começaram a espocar os foguetes da Coroação de Nossa Senhora. Não era a primeira vez que aquilo acontecia; mas jamais com tamanha oportunidade:

— Os foguetes já não estão lá longe! Tudo está de acordo com o seu ideal: os foguetes chegaram até você, podemos até soltar alguns...

Eu dizia isso, rindo de novo. E ele calado... Irritada com o seu silêncio invencível, voltei às mesmas passagens do discurso histérico, descrevendo o que seria aquela nossa vidinha sem horizontes, pequenina em cima da montanha.

— Sim, temos que aguentar tudo isso, dia a dia, hora a hora, e por culpa de quem?

O meu Eduardo se voltou de frente para mim, recuou um pouco e me olhou profundamente. Mas já era um olhar de distâncias, um olhar do *outro lado*...

— Então, aguente você aí sozinha!

E sem que eu previsse e muito menos pudesse evitar, deu um salto por cima do parapeito da ponte e mergulhou na sombra do precipício. Para sempre!

A NOITE DO CONSELHEIRO

O escritório era amplo e solene. Solene justamente pela sua amplitude, pela gravidade do mobiliário em madeira quase preta, sobressaindo o divã neocolonial confortabilíssimo, de pés retorcidos, em couro; o grupo de couro estofado, também neocolonial português, competentemente tauxiado; e a bergère de fabricação norte-americana, de repouso e leitura, colocada de lado para uma das quatro grandes janelas e para a grande lâmpada de pé de madeira igualmente em roscas, bergère cujos lobos laterais, no encosto alto, tinham uma posição rigorosamente calculada à altura dos olhos do conselheiro, tudo preocupação de conforto geral e de proteção aos preciosos órgãos da vista. A mesa de trabalho, igualmente de lado para outra das grandes janelas, era rigorosamente colonial, e legítima, comprada a um judeu caçador de móveis antigos nas velhas cidades mineiras. Fator essencial de solenidade eram as estantes da biblioteca, em igual madeira sombria, largas e compridas, em cujas prateleiras envidraçadas os livros se enfileiravam sem perplexidade alguma, todos encadernados em marroquim marrom, todos de semelhante aspecto e colocados em ordem de tamanho, com um certo cuidado para que não se lhes notasse a diferença da estatura, igualdade e fraternidade de numerosíssimas obras em que o espírito humano se tem debatido, contradito, construído, derruído, esperado, desesperado. Ali no marasmo luxuoso, atrás dos vidros de cristal biselado, livros de todas as línguas e de todas as épocas se reuniam identicamente revestidos, como se o objetivo fosse mesmo igualar, fraternizar, nivelar, e por esse meio neutralizar, a todos eles, para se adquirir a tranquilidade com a certeza de que nunca desceriam das estantes para fazer algum mal ao pobre ente humano. Existia uma estante especial, destacada num ângulo, com raridades de bibliômano, e estas às vezes costumavam ser retiradas e mostradas a visitas entendidas, não sem dizer quanto haviam custado. Apenas uma vez por ano, durante as férias do conselheiro, o criado retirava os outros livros das prateleiras, metodicamente, sempre juntos e empilhados para que não se desordenassem, e sujeitava-os a uma limpeza geral. E uma vez por mês, abrindo as portas de vidro – e estando o conselheiro na sua casa de campo a que modestamente chamava de sítio, – o mesmo criado pulverizava longamente por cima dos volumes um líquido mata-traças especial, perfumado e penetrante, que talvez ao dono parecesse mais penetrante do que muitos dos espíritos ali encarcerados. Ia escapando um detalhe importante; nas lombadas dos tomos havia, gravado a ouro, além de um número e de outras indicações necessárias, isto: CONSELHEIRO JOSÉ INÁCIO GOMES. Era o dono daquele ambiente.

Perto da mesa de trabalho uma parte da estante se fechava com almofada de madeira, em vez do vidro cujo bisel imitava rigorosamente. Era um armário discreto, guardando a jaqueta de seda e os pantufos que o dr. José Inácio ao chegar trocava pelo jaquetão e os sapatos de rua. Porque era certo que o conselheiro permanecia ali várias horas do dia e mesmo da noite, como se fizesse vida beneditina de estudos. Ocultavam-se também, atirados no fundo do armário, além de jornais velhos, brochuras de romances baratos, que estes não compareciam nas estantes, como indignos, embora o conselheiro às vezes se comprouvesse em seguir as suas aventuras policiais modernas, com gângsteres, metralhadoras e gases venenosos. Mas diga-se logo em defesa do homem que tais leituras não lhe eram constantes. Cidadão médio, mediamente alfabetizado, bacharel em Direito, desde o ginásio tivera a intuição de que abrir um livro se destinava a obter uma nota em exame, um proveito imediato, um resultado prático; – e obtido o resultado se fechava o livro por inútil. Não possuía nenhuma fome de leitura, mesmo de romances leves ou levianos. Mas lia jornais, é claro, leitura de momento, ligeira e digestiva. Aquela noite, de jaqueta e pantufos, o conselheiro foi recostar-se na bergère, estendendo as pernas para o escabelo almofadado adredemente colocado em frente tendo apenas por cima da cabeça, com irisações nos seus cabelos ralos, a lâmpada de pé de madeira em roscas, com o quebra-luz verde, ao passo que o resto do salão-biblioteca, em obediência ao seu comando, voltara a mergulhar numa sombra gradativa, reverente e grata. Foi então que o conselheiro desdobrou os jornais matutinos do Rio, que trouxera debaixo do braço esquerdo. E começou a ler.

José Inácio Gomes passara dos 40 anos. Como bom brasileiro, fazia mistério da sua idade e fingia não se preocupar com a fuga do tempo. Dentro da preocupação geral, também brasileira, com a idade do próximo, se alguém lha perguntava, respondia que atingira o planalto central da vida. E devia esperar que o planalto fosse imenso, como no hinterland de sua pátria. Não o esperaria precisamente, pois na verdade se alheava quanto possível dessas ideias por uma questão de bem-estar.

Viver com física mas sem metafísica, era o seu lema, enraizado na satisfação de viver comodamente. Não pensem que fosse tacanho ou ridículo. Representava no mais alto grau, isto é, no grau médio, o homem comum, isto é, o homem médio, que vive perfeitamente adequado à vida, que vive até morrer. Se o conselheiro tivesse conhecimento do nosso esforço para explicá-lo, ficaria boquiaberto, e nos retrucaria simplesmente que se sentia normal; porque integrado na vida, obedecendo ao mandamento fisiológico de viver, julgar-se-ia explicado por essa obediência; o mais eram tretas de filósofos e literatos, que ele sim era um homem normal.

Era uma noite belorizontina de maio, branda e fria. Ramalhavam árvores lá fora ao vento noturno. E havia, sem que o conselheiro o notasse senão agora, um luar que se pusera a desenhar no tapete do chão as linhas da janela do canto mais sombrio. Nem se sabe se o conselheiro o teria mesmo notado: olhou durante um minuto, lá do seu núcleo de luz, para aquele capricho do luar a decalcar obliquamente e irregularmente as linhas retas da vidraça. Com um olhar ruminativo que logo voltou ao jornal... Lá fora o vento se tornara ventania, descabelando as árvores do jardim e da rua. No silêncio confortável, soaram ampliados pela mansidão do ambiente os golpes de corpos leves insistentemente atirados contra os vidros da segunda janela, a mais próxima de sua cadeira. O conselheiro se distraiu com os ruídos; teve um momento de divagação; disse para si mesmo:

– Amanhã mando o jardineiro podar os galhos. Como isso cresce!

Continuou a ler. José Inácio Gomes tinha uma fraqueza média, comum a muita gente: a última página dos jornais. A política internacional, a guerra na Europa, o noticiário do país, e afinal como sobremesa os furtos, escândalos, crimes, desastres da última página. Um crime misterioso era um prato raro. Atropelamentos e suicídios eram banais e raramente vinham com destaque e minúcias. E numa derradeira folha estaria naquela noite a sua perdição. Encontrou, com maior atenção empregada pela reportagem, a notícia do suicídio de uma decaída. Menos banal: ela escolhera, para tomar veneno, o interior de uma igreja, durante o dia, como anunciava o título em letras grandes. Vinha o retrato da mulher, magra e morena, os olhos meio estrábicos fixos no leitor: A SUICIDA. Para que o retrato no jornal, se ninguém se interessaria por ela, mulher perdida no mundo, agora desaparecida na terra... Ali estava fixada inutilmente, com o concurso de agentes químicos, a imagem fugaz de um corpo que a terra começara a decompor. Sabia vagamente que a máquina fotográfica era como a retina humana fixando imagens na memória. Anos depois, se fossem consultar num arquivo uma coleção daqueles jornais, quem é que se importaria com aquela cara? Quem é que se importava agora? O conselheiro tombara bruscamente em tal ordem de pensamentos, de que logo se espantou. Se espantou e se irritou, esboçando uma condenação inconfessada à invenção da fotografia e do clichê, ao uso imoderado dos retratos. Era certo que aquele o estava incomodando insensatamente. Onde é que já teria visto aquela cara?

    Os galhos continuavam a bater na janela, ora de leve, ora com força. E na vidraça, ao luar que devia estar se aproximando do horizonte, dançavam sombras que pareciam ter som. Nada disso podia impressionar o conselheiro, combinação entre lua, árvores, vento. Mas já não se lembrava de mandar podar as sombras, isto é, os galhos que cresciam demais: uma outra lembrança passada acudira caprichosamente de muitos, muitos anos, e dominava-o tirânica. Não, não podia ser aquela mulher, porque nesse tempo era rapazinho ginasiano. Não podia ser aquela, embora os olhos fossem os mesmos, o mesmo ar de arrependimento gratuito, a mesma expressão de quem pede muda e continuamente desculpas gerais de ter nascido. Não podia ser aquela, salvo se ela tivesse parado no tempo, enquanto que ele evoluíra para a madureza e para a prosperidade... Esperneava intimamente contra o domínio do absurdo que o avassalava. Não lhe resistiu por muitos minutos. Entregou-se... Tinham bebido muito, bebidas fortes e baratas, ele futuro conselheiro mais os colegas de ginásio, todos rapazinhos descobrindo dia a dia o mundo da perdição, com a obsessão de percorrer todas as noites as ruas do meretrício e de conquistar com extravagâncias, até com infecções sexuais, o título de homens. Tinham bebido muito e se dedicavam a percorrê-las, bulindo com as mulheres nas portas e janelas, irritados quando alguma os chamava de meninos e lhes aconselhava ir para a casa que a mamãe estava chamando... José Inácio Gomes, ou Zé Inácio, como lhe chamavam então, se sentira de súbito desagradavelmente tonto. Mas não queria dar parte de fraco, empregando as forças do corpo e do espírito para se manter firme. Iam todos andando, dizendo piadas, palavrões másculos, e rindo com segurança masculina. A mulher fez um gesto de chamamento, da sombra de um corredor. Zé Inácio atendeu ao gesto, com espanto dos companheiros que o sabiam apenas com alguns níqueis. Ele mesmo fechara depressa a porta da alcova, porque a cabeça lhe rodava, quase cambaleava, e era preciso evitar a zombaria dos colegas mais resistentes ao álcool.

— Como é seu nome, menino?

— Menino não.

— Como é seu nome, rapaz? (Ela sorria compreensiva.)

— Cícero.

Fazia parte da superioridade sobre aquelas mulheres fornecer-lhes sempre um nome inventado no momento, e cada qual blasonava uma coleção de nomes. O conselheiro se confortou um pouco ao pensar por que àquele tempo devia estar traduzindo Cícero nas aulas de latim. *Quousque tandem Catilina abutere patientia nostra...* Passara em latim na tangente. Não se lembrava de mais nada! Cícero não o libertou porém do domínio absurdo da lembrança que o avassalava. A voz da mulher sobrepujou aquelas divagações sobre as *Catilinárias*, soando-lhe nitidamente na memória auditiva:

– Nome bonito, pequeno.

– E o seu? perguntara à toa, para dizer alguma coisa, como se agarrando ao diálogo para tomar pé dentro do vácuo estranho em que se sentia soçobrar.

– O meu é Genoveva... Você é bonitinho como o seu nome.

Ela ria alegremente, sem motivo, se despindo, com dentes miúdos e naturais, e tinha uma força de convite e de incentivo sexual para o adolescente, apesar de algumas rugas e dos olhos meio estrábicos. Abraçou-o. Ele no entanto sentia um atordoamento crescente que o impedia de abraçá-la também, quase até de sorrir.

– Você está sentindo mal?

– Bebi muito.

– E não tem costume, não é?

– Costume eu tenho, mas...

Nenhuma perturbação no seu espírito, a que a intoxicação dava pelo contrário uma lucidez assustada. Num espelho, de relance, percebera que estava lívido e suarento. Caminhara molemente na direção da cama. Mas antes de vencer a distância (todo o quarto era menor do que um canto do escritório do conselheiro), generalizara-se o relaxamento muscular, as pernas lhe faltaram, o corpo se lhe dobrara para trás, – para cair nos dois braços femininos que o tinham amparado com um vigor impossível, levando-o para a cama. Um hiato, como um desfalecimento. E o ginasiano fora despertado pela mulher que o sacudia violentamente:

– Muito tempo que estou pelejando para você acordar! Não pode ser não, menino... Mais de duas horas que estou vendo você dormir, dormir gemendo, sem parar de mexer com os braços, com as pernas... Não pode dormir assim não! É preciso vomitar. Enfia o dedo na garganta.

Genoveva não estava deitada mas recostada no leito ao seu lado, com as rugas vincadas pelo susto e pela preocupação, magra, vesga, sem idade e sem sexo. (O mesmo ar daquele retrato que o conselheiro tinha diante dos olhos no jornal, retrato com um número e uma data, que logo se via ter sido tirado para a identificação na polícia interessada em fichar todas aquelas infelizes. Infelizes? O conselheiro se espantou de as estar qualificando assim, a aumentar o espanto com que se deixava vencer pelas minúcias daquelas inqualificáveis recordações, numa fraqueza vergonhosa...)

– É preciso lançar!

A mulher forçara-o a sentar-se na cama e lhe ordenara que fizesse cócegas na garganta com o dedo indicador (aquele mesmo em que pompeava agora o enorme rubi do anel de bacharel), enquanto ela colocava a palma de uma das mãos frias na sua testa úmida, amparando-lhe a cabeça que pendia para a frente sobre uma bacia. A fricção do dedo na mucosa da garganta refletia-se lá por dentro do seu organismo em contrações espasmódicas, dolorosas mas inúteis. Sem nenhum resultado.

– Experimente outra vez. É preciso menino!

– Você não devia ter me acordado. O sono fazia passar isto. E não me chame de menino não!

O ginasiano estava ríspido e injusto. (Com uns restos de resistência psíquica, o conselheiro se negava a reconhecer que a censura do ginasiano fora além, usando expressões de baixo calão, como apropriadas ao mulherio.) Da garganta lhe brotavam apenas xingos torpes. Genoveva pacientemente:

— Um pouco de paciência, meu bem. Espera aí...

Como num jogo de absurdos, ela apanhara do cabide na parede um velho chapéu de palha, enfeitado com uma fita vermelha e uma pena de galinha, da mesma cor. De galinha? O conselheiro, insensivelmente boquiaberto a seguir na memória os manejos visando a sua garganta, deu de ombros: pouco lhe importava de que animal fosse a pena que, destacada do chapéu, veio lhe fazer cócegas insistentes na laringe. Subira-lhe à boca uma golfada azeda, e mais outra, e mais outra. Todo o seu conjunto orgânico se empregava naquele esforço de libertação de substâncias nocivas, de aspecto repugnante, que a mulher recolhia na bacia enquanto sorria um sorriso de alívio e repetia:

— Graças a Deus! Graças a Deus!

— É sangue? interrogara ele vendo laivos rubros entre nacos de salame mal mastigados, fermentados na aguardente de cana (o conselheiro evitou pensar em cachaça)...

Genoveva se rira, já bem-humorada:

— Não, meu bem. Deve ser da tinta vermelha que tingiu a pena.

O rapazinho deitara-se fisicamente aliviado. (Cada vez mais incrivelmente dominado, não já pelas recordações apenas, mas por uma atribulação confusa, o conselheiro começara a imitar na bergère, com os pés no escabelo, os movimentos do rapazinho.) Aliviado por algum tempo, pois a espaços voltara o mal-estar e por mais vezes tivera que se erguer do travesseiro, no impulso de vômitos já agora incoercíveis.

— Coitadinho, coitadinho, repetia na sua memória, repercutia no escritório, a voz mansa e triste da estrábica, pacientemente recolhendo os jactos acres.

Até que viera um sono longo... Tinha despertado surpreso a olhar a claridade da madrugada coando-se pelas gretas da porta, no ar irrespirável. Largara automaticamente a cama, compreendendo aos poucos a situação, bambo, alquebrado. Mas a flor da idade, a atração da adolescência para queimar as suas asas no lodo, o poder da imaginação juvenil compensando o fracasso, tudo eram forças mais poderosas do que a sordidez do ambiente ou dos fatos. Zé Inácio tinha um sorriso de glória, diante da realização de um ato que era um avanço nas suas conquistas da masculinidade.

— A minha primeira dormida com mulher! se dizia contente, apesar de tudo.

Genoveva dormia pesadamente, depois da vigília inquieta perto do menino intoxicado, vigília que só Deus ficara sabendo quanto durara — até repousar também a cabeça exausta no seu travesseiro. Sim, Deus sim, insistia o conselheiro, que acreditava vagamente em Deus encarando-o como uma respeitável tradição a acatar sem maiores preocupações; mas naquele momento insistia, Deus sim! porque Genoveva repetira — Graças a Deus! — e era visível que ela dormia cansada, pesadamente, com uma inocência, uma pureza, uma tranquilidade de santa! Para pensar assim o conselheiro já não se dominava de modo algum, transportado, abalado em seus alicerces, com o espírito — ou a alma? — vascolejado até à extenuação dentro daquele recipiente bem nutrido que se agitava na bergère. Pois na realidade, o rapazinho não sentira nada disso e até por um momento desejara tornar ao leito e se achegar àquele corpo mergulhado no sono. Certo, porém, que estava com alguns níqueis que não dariam para gratificá-la: era bem melhor se retirar antes

que ela acordasse. Vestiu-se sem ruído, abriu cuidadosamente a porta, esgueirou-se para o corredor. Na rua, atando a gravata que até os rapazinhos usavam por aquele tempo, incorporou uma nova circunstância à sua glória masculina, lembrando-se dos companheiros:
– Também vou contar a eles que passei a minha primeira carona.

O conselheiro levantou as mãos para o pescoço e desfez violentamente o laço de sua gravata, quase dilacerando-a. Retirou-a do colarinho, conservando-a inexplicavelmente na mão, sobre o jornal abandonado nos joelhos. Genoveva com o seu sorriso gasto! Genoveva que ele ainda vira uma vez, uma única vez, a despeito de evitar passar pela sua porta... Zé Inácio e os companheiros estavam comendo bifes a cavalo num reservado do restaurante Bela Marselhesa, quando ela chegara à porta, se pusera a espiá-lo, encostada no portal. Ficara frio, à espera de uma descompostura. Mas a mulher apenas sorria o seu sorriso gasto, com um ar que lhe parecera, isto é, que parecia agora ao conselheiro o daquele retrato no jornal... O ginasiano comia com uma avidez adolescente e fingia ignorar a presença dela, depois de ter virado o olhar curiosamente para a porta ao aparecimento do vulto feminino. Genoveva parecia olhar o que ele comia. E se retirara sem palavra.
– Esta é a da carona...

Ela devia ter ouvido a gargalhada dos companheiros... Sim, não podia negar: rira também!... Zé Inácio estremeceu dobrando o corpo sobre as molas americanas da cadeira e despiu o paletó de ginasiano, isto é, a jaqueta de seda, que atirou no ar resolutamente para cair sobre a palhinha da cadeira do quarto humilde de ambiente irrespirável, sem reparar que a peça de roupa foi se estirar docemente no tapete... Genoveva com o seu rosto frio! Zé Inácio ergueu uma das mãos e alisou a cara com os dedos, sombriamente. Já para o fim dos vômitos, a mulher se sentara na cama por trás dele também sentado, cada vez mais esgotado, infantilmente abandonado; e por cima do seu ombro encostara a face fria e apreensiva naquela mesma cara que os dedos alisavam agora. Carinho puro e compassivo, carinho desinteressado, sem sexo, sem idade, sem tempo, sem classe, sem condição social, sem contingência humana, e que parecia voltar agora no vento frio de muito longe, no vento que soprou pelas janelas, deslizou na sombra gradativa, passou friamente pela sua pele entre os dedos da mão... Sim, Genoveva, ele tinha muito dinheiro para lhe pagar a noite, todas as noites de dedicação e de miséria, todas as noites até ao fim das coisas, a ceia e o amor, a vida e a morte! Muito dinheiro na carteira, dinheiro de um troco esquecido na algibeira das calças, onde enfiou resolutamente a mão e de onde retirou algumas notas que os dedos crispados agarravam sem a menor possibilidade de solução, que depois amarfanharam como coisas que se tornassem de repente inúteis, irremediavelmente inúteis... Genoveva, onde estejas, fica sabendo que o dinheiro não é nada... Sim, conselheiro, o dinheiro não é nada!... Não é nada!?

O conselheiro se levantou de chofre, vestiu a jaqueta, enquanto o atordoamento estranho se desfazia na sua cabeça como em redor dele. Apanhou o dinheiro que a mão do ginasiano tinha atirado no chão. Retificou as outras vestes que haviam se desarranjado na luta, falando alto, como a uma outra pessoa que houvesse esgotado a sua paciência:

– Que é isto? Que insensatez é esta?

E foi dormir.

O MENSAGEIRO

— Abel Martins de Freitas.
– Felisberto.
O outro se despia sorrindo com simplicidade:
– Eu já sabia que você é Felisberto. Dona Antônia me falou agora de noite, quando me anunciou um companheiro de quarto. Felisberto de quê?
– Teixeira. Felisberto Teixeira. Um Felisberto Teixeira qualquer à procura de um emprego qualquer.
– É duro, seu Felisberto! Eu também vim assim, mas passei apertado.
– Tenho dinheiro para me aguentar seis meses mais ou menos, sem extravagâncias: pensão, cigarros, pouca mulher.
– Eu, não fumo. É sempre melhor não fumar. A gente não sente, mas a despesa é grande. Depois, no balcão o dia inteiro, não deixam fumar. Caixeiro não pode ter esse vício.
– Não fuma... E...?
O outro rapaz calou ressabiado. Corou um pouco. Felisberto percebeu logo que era um tímido, um isolado, talvez um mesquinho. Fizera a pergunta reticenciosa para forçar a camaradagem. Resolveu se calar também. Mas o outro ainda falou, como para desfazer a própria perturbação:

— Gostei de saber que tinha um novo companheiro. O quarto é pequeno mas cabe. Viver aqui sozinho com essas mulheres rabugentas, esses homens... Seu Aquiles, seu Rogoberto, dona Fani, isto é, dona Fani... quito.

Riu muito, destemperadamente. Felisberto não o acompanhou no riso, nem pediu explicações do apelido, acrescentando indiferente:

— Trouxe uma carta de um irmão de dona Antônia, com quem trabalhei no interior. Ela me disse que a pensão é de gente escolhida, séria e pouca: não gosta de hóspedes temporários, aventureiros. Por seguro, não lhe disse que vim arranjar emprego. Aliás me aceitou logo, só com a carta, sem muita pergunta. Parece que simpatizou com a cara.

— Sim senhor! disse o outro, como se a exclamação viesse apenas para provocar um enorme bocejo de sono. Comigo, é este sono, depois de um dia inteiro no balcão!

Felisberto se recostou no travesseiro duro. Ele mesmo estava cansado da longa viagem e já se dispunha a dormir quando notou o sussurro abafado e monótono, varando as paredes ou as portas, persistente, insinuante, zum-zum obscuro que o ganhou como um gemido que aumentasse a sua influência incômoda somente pela insistência monótona.

— Que é que é isso?

O companheiro abriu os olhos sorrindo (parece que tinha o hábito de sorrir sempre), escutou o sussurro e esclareceu baixinho:

— São as velhas que estão rezando o terço. Mercedes e Fani. Rezam vários terços de noite. Às vezes acordam e ficam rezando. Uma coisa louca!

Informou e voltou a dormir imediatamente. Felisberto ficou escutando. A reza diminuía. Notou agora que só uma das velhas é que rezava, mais nitidamente.

E tudo terminou numa troca de palavras, uma breve discussão final. Súbito, um sono de chumbo ganhou o novo hóspede.

Havia grandes ruídos na rua quando acordou. Veículos passavam pesadamente sacudindo a pequena casa. Desacostumara-se daquilo e o estranhou, mas permaneceu na cama, de olhos fechados. O caixeiro se ergueu, foi ao banheiro, tornou cantando baixinho um samba, foi embora. Felisberto se levantou também e foi tomar café mesmo de pijama.

– Dormiu bem, seu Felisberto?
– Hein? Dormi, dona Antônia. Obrigado.
– Quando vejo alguém que veio de minha terra, fico com inveja... Aquilo lá é sossego, seu Felisberto, sossego sossegadíssimo! Não é essa luta aqui e tudo é fácil, tudo é perto. Pode-se passar mal de boca, mas com sossego. Aqui!... Vai sair? O almoço é às 11h30. Pensionistas certos, hora certa.

Regressou ao quarto sem dizer nada e não saiu. Estirado na cama, entregue aos seus pensamentos, procurando se reajustar à nova vida, ou à vida sempre igual e sempre estranha em qualquer lugar.

O almoço deu-lhe a conhecer toda a fauna da pensão, todos sentados à mesma mesa, ele em frente das duas velhas que já vira ao chegar, Fani e Mercedes. Seu Aquiles, apresentado pelo primeiro nome, sorriu sem deixar de comer, e era pálido, careca, um ar de homem eternamente abafado. Seu Rogoberto, pelo contrário, era gordo, sanguíneo, falante:

– Então o senhor é o novo hóspede? Aqui não há hóspedes, mas pensionistas permanentes, já sabe? A nossa dona Hitléria não admite hóspedes que fiquem por pouco tempo e que não obedeçam ao horário. É a ditadura em pessoa! Mas boa pessoa, sabe?

— Já começa, seu Rogoberto? disse dona Antônia rindo. E dona Luciana?

— Com aquela mesma dor de cabeça de princípio de mês, meio de mês, fim de mês. Hoje não vai sair do quarto, sabe? Quer apenas um pouco de arroz, caldo de feijão, purê. Depois eu levo pra ela.

— Coitada! Seu Felisberto, mais arroz?

Na ponta da mesa dois indivíduos vagos, portugueses ao que parecia a Felisberto. O caixeiro chegou um pouco atrasado, sorrindo:

— Me desculpe, dona Antônia. O bonde!

— É! O bonde, o bonde... Mas isso tem conserto, antes que me avacalhem a ordem!

— A nova ordem! concluiu seu Rogoberto rindo sozinho.

— Seu Felisberto, mais picadinho? Se quiser pimenta, tem no vidro. Não ponho no picadinho por causa do estômago dessa gente. Não são gente de nossa terra, hein?

Felisberto aceitou a pimenta para condescender com a insinuação: não iria lhe explicar que também na terra dela fora um adventício, um transeunte despercebido, sem pouso e sem hábitos. Dona Fani terminou a refeição com um suspiro de alívio, como se desse fim a um sacrifício pesado. Era magra, com ruge sobre as rugas, cabelos pintados e anelados a permanente, mais envelhecida do que velha, de idade indefinida. Teria sido bonita, pareceu ao rapaz.

— Que suspiro é esse, dona Fani? perguntou seu Rogoberto.

A interpelada não lhe respondeu: foi como se não tivesse ouvido. A irmã, dona Mercedes, era mais velha, mais sólida, e mastigava ainda alguma coisa, indiferentemente.

— E o Gestal, dona Antônia? perguntou ainda seu Rogoberto.

— Me avisou que vai almoçar na cidade. Está ficando rico.

— Rico? Restaurante popular... Farol, dona Antônia. Não acredite naquele sujeito não.

— Que me importa? Paga na mesma. Paga como o senhor. Que é que tem com isso?

— Senhora amável!

Os dois portugueses da ponta da mesa riram divertidos. Felisberto procurava se alhear do ambiente, daquelas graçolas, daquelas mandíbulas marcando o ritmo de um apego nojento à vida, destruindo para não se destruírem. Deixou o prato pelo meio.

— Não gostou? Luxento!

— Como pouco, dona Antônia. Não é luxo. Comida excelente. Sou pobre. Onde é que já vi comida melhor?

— Quantos terços esta noite? perguntou seu Rogoberto às velhas, evidencioso sempre, disposto a não abandoná-las.

Percebia-se que nenhuma das duas queria lhe responder. Mas dona Mercedes correu o olhar sobre o novo hóspede e fez um esforço evidente para se tornar sociável com o importunador, talvez porque também tivesse que registrar uma vitória:

— Rezei cinco enquanto Fani rezava quatro e meio. Continuo na dianteira... Não foi, Fani?

— Campeã de todos os pesos! aplaudiu seu Rogoberto soltando uma gargalhada vitoriosa.

— Então pensam e que religião é isso? Um páreo de velocidade? perguntou Felisberto às velhas, irritadamente.

As duas olharam-no com frieza. Aliás, a frieza foi geral, enquanto a mesa se desfazia. Seu Rogoberto saiu com um prato de comida para a esposa doente. Seu Alcides acompanhou as duas velhas que se retiravam com dignidade.

— Escute aqui – e dona Antônia chamou Felisberto à copa. As velhas são boas criaturas, são as pensionistas mais antigas, têm montepio, são quietas, não incomodam ninguém. Já estão acostumadas com as brincadeiras de seu Rogoberto e não se importam nem ligam. Mas o senhor foi bruto no modo de lhes falar e eu não admito isso... E que é que pretende fazer aqui? Ficou parado a manhã inteirinha, atrapalhando até a arrumação do quarto. Olhe que tenho uma empregada só...

— Cheguei cansado. A viagem não é brinquedo!

— Veio passear?

— Não; vim arranjar emprego. Mas tenho dinheiro para me aguentar durante um ano inteiro. (Felisberto lhe respondia com humildade, um repentino prazer de se humilhar e de mentir enquanto apalpava o pouco dinheiro que ainda tinha no bolso.)

— Emprego! Não gosto disso... Ainda que pagasse adiantado um ano de pensão, não gostava. Então não sabe que aqui tem gente demais? E ainda vem aumentar o número dos que passam aperto por aí! Ficasse lá, seu moço... Em todo o caso, veio com carta do Sizenando. Vamos ver. Com franqueza que não gosto disso...

Felisberto concordava com aquelas palavras, sem silenciosa e discreta humildade, uma satisfação íntima de ser humilhado, tão natural como os seus repentes de revolta.

Depois do primeiro jantar, seu Rogoberto, já muito camarada, arrastou Felisberto para o pequeno alpendre da sala. E referiu-se pastosamente à Irene, filha de dona Antônia, que só jantava em casa – passando o dia num emprego qualquer:

— Aquela menina é uma uva... Me mata!

A voz era pastosa, pegajosa, e falava batendo com a língua nos dentes, como se esta fosse muito comprida para a boca. Muito de perto, o novo hóspede reparava nesse detalhe com repugnância. Seu Rogoberto tinha com segurança mais de 40 anos e era um poço de lubricidade.

— Minha mulher é um poço de doença. Num mês, ela passa uns três dias fora da cama. O resto é na cama, se queixando de dor aqui, dor ali... Tenho que me defender por fora. Mesmo aqui no bairro tem coisas boas, sem complicação. Quando quiser, levo você lá. É solteiro? Pois não queira casar. É um osso! Espia a pequena andando lá dentro. Que ancas! Me mata, diabinha...

E estirou as pernas para a frente, esticou-as, inteiriçou o corpo com as nádegas quase fora da cadeira de vime, como se fosse deslizar dali e cair todo sobre os ladrilhos feito uma coisa nauseabundamente abandonada.

— Só de pensar ainda morro de congestão. E a diaba só aparece assim na hora de jantar!

— Por que não morre agora? disse Felisberto sério, mas com naturalidade, como para não deixar de dizer alguma coisa.

— Morro, mas abraçadinho com ela. Depois podem chamar a polícia, que me importa! Ai, Felisberto, Felisberto, a vida!

— Que é que o senhor entende da vida?

— Nada. E ninguém precisa entender: é gozar!

Felisberto deixou-o entre enojado e compadecido. Saiu para a rua, andou pelo bairro, entrou num salão de *snooker* e ficou olhando os jogadores tão entretidos como se nada existisse fora daquele retângulo, daquelas bolas inumeráveis. Quando voltou ao quarto o caixeiro sorriu uma boa-noite. E de repente:

— Você acredita em Deus?

Felisberto se riu:

— Você me parece uma cavalgadura. Me desculpe, mas é a verdade.

— Pergunto se você acredita em Deus e você me vem com essa! ciciou Abel desapontado, mas rindo também.
— Quem é que pode acreditar num absurdo?
— Bom, está certo. Eu também acho que é absurdo e não acredito muito... Se houvesse o tal, o mundo nunca que poderia ser assim. Não acredito, mas também não deixo de acreditar... Tenho uma noiva fora daqui: ela me escreve falando em Deus, que reza muito pra resolver o nosso caso, que eu devo rezar também, que Deus é todo--poderoso, que tal e tal... Você fez no almoço aquela cena por causa dos terços das velhas: pensei que pudesse me dar umas explicações, tirar umas dúvidas...
— Não acredito, mas tem certas coisas que devem ser levadas a sério quando se acredita nelas... Fica com suas dúvidas. Dorme, meu cretino.

Felisberto sorria o mais amigavelmente possível. O caixeiro amuou, talvez mais divertido do que magoado, voltando-se para a parede e começando a ressonar com uma rapidez incrível. Ainda mais cansado pela inatividade do dia, o recém-chegado procurou também o travesseiro. Naquele trajeto do corpo de sentado para deitado, costumavam surgir-lhe fragmentariamente na memória velhas orações outrora dirigidas a Deus no automatismo da infância, ao influxo de sua mãe distante. Comovia-se sempre um pouco, sem o querer ou pensar. Movimento automático, refletindo-se mecanicamente naquelas recordações, certos momentos sem idade nem lugar, à força de tanta repetição... Talvez fosse apenas o desejo imbecilmente humano de regresso ao ponto de partida, de fazer estacar o tempo, e nada mais. Aquilo lhe acontecia algumas vezes. E com mais nitidez naquela noite. Se o Abel estivesse acordado, seria capaz de maltratá-lo ainda mais, de xingá-lo, como o provocador da lembrança, dos pensamentos... Que lhe importava a sua própria vida? Custou a dormir.

— Dona Antônia, uma boa notícia: estou colocado!
— Depressa assim? É porque não precisa muito, está folgado de dinheiro, não tem cara de necessitado. Tenho visto pessoas morrer de tanto procurar emprego! A vida é assim... Onde é?
— Num jornal.
— Sim? Esquisito: nunca tive pensionista empregado em jornal. Mas antes assim, porque francamente, ter em casa um rapaz sem fazer nada estava me incomodando.

Felisberto estava alegre durante o jantar. Seu Rogoberto lhe deu os parabéns. E ao saírem da mesa, colheu o rapaz num abraço e foram juntos para a varanda, acompanhados de Gestal, sujeito de 30 anos, magro, de bigodinho, ar de galã, que lhes perguntou se não iam ao cinema ver Marlene: que não.

— Pois vou com Irene, seu Rogoberto.

Irene veio até eles, o andar elegante, agora com as ancas presas dentro da cinta e usando os olhos distantes da atriz Marlene:

— Não vão? Pois perdem uma fita assim?

— Perdida, murmurou o burocrata (seu Rogoberto era burocrata), quando o casal se afastou. Tenho uma novidade daqui! Acho que Irene frequenta um *rendez--vous*, para arranjar tantos vestidos bonitos. Já tenho uma pista... Qualquer dia espremo essa uvinha orgulhosa, você vai ver. Apareço lá e dou de cara com ela. Mas até lá, Felisberto, que vida! Não aguento não!

— Escute uma coisa: por que você não morre?

— Hein?

— Repito: por que você não morre? Quer que repita outra vez?

— Você está doido! Nem falar nisso é bom!

Felisberto sorriu diante da perplexidade do gordo que se encolhera na cadeira de vime com o ar de temer um castigo divino, um corisco que o fulminasse de súbito. Num acúmulo de sucessos, houve um grito, um gritinho, na sala de jantar. Dona Fani estava estendida no sofá, com os olhos cerrados, e dona Mercedes lhe dava tapinhas na cara.

— É a Fani... quito, não se incomode, adiantou seu Rogoberto ainda meio ressabiado.

Como o rapaz entrasse a ver o caso mais de perto, dona Mercedes, insistindo nos tapinhas, lhe disse com calma:

— Não é nada, passa com isso. Não é nada... Foi por causa dos terços. Seu Aquiles falou nos terços, que ela nunca me venceria...

Felisberto soltou uma gargalhada:

— Então por que não deixa sua irmã vencer uma noite? Isso é falta de amizade, campeã!

— Rir assim é que é falta de piedade, seu atrevido!

Fani voltava a si, sorrindo com mansidão, pousando os olhos ainda ausentes em Felisberto. Dona Antônia interveio disciplinadora:

— Ela tem razão. Rir assim de um caso desses, de uma doença... O senhor não tem outra coisa pra achar graça, Felisberto?

— Tenho a senhora, dona Antônia.

— Hein!?

— Estou alegre, não está vendo? Estou colocado. Tenho emprego! E logo hoje acontece um caso desses... Peço desculpas a todos.

Experimentava sempre um certo prazer em se exaltar – e se humilhar depois... Mercedes levou a irmã para o quarto, ajudando-a a caminhar, auxiliada por seu Aquiles, sempre calado e solene.

— Seu Aquiles acaba conquistando o montepio...

— Que língua, seu Rogoberto! Ô víbora! exclamou dona Antônia, sempre disposta a achar graça no burocrata.

O maldizente se formalizou numa atitude de dignidade cômica, e ainda mais envenenado:

— A senhora é que não devia permitir um sujeito com tais intenções aqui, dona Antônia. Todo mundo está vendo que o que o Aquiles quer é descanso, aposentadoria, por conta do montepio... Qualquer dia lhe furta as velhas, para curar a dispepsia sem ficar numa farmacinha o dia inteiro, farmacêutico que ignora até o remédio para si mesmo, ah! ah! ah!

— Cala a boca pecaminoso! ordenou dona Antônia rindo.

Felisberto ia saindo, quando o cínico lhe foi no encalço, alcançou-o no portão da rua:

— Vem cá. Por que você se irritou assim de repente, sujeito esquisito? Como se quisesse mesmo me ver morto... Garanto que quero ser seu camarada. Não convém brigar não. No fundo eu sou um sujeito sensível, a mulher doente, a vida desorganizada...

— Está certo. Já pedi desculpas a todos.

O rapaz sorriu, aproximativo, diante da tristeza desmanchada, torpe, que o burocrata fingia, tão fraco, tão desamparado de súbito que encostava o corpo ao velho portão de ferro para não cair. Respondeu-lhe com um sorriso e o deixou naquela posição, que caísse! Se foi na direção da sinuca. Já tinha companheiros para o jogo, em que conseguia sempre se distrair por completo ao impulsionar as bolas inumeráveis. Eram sujeitos lineares, por assim dizer, almas incaracterísticas, mas que empregavam uma certa paixão na manobra das bolas, as revoltavam, diziam palavrões quando perdiam, e uma alegria de conquistadores do mundo quando batiam... Cada qual, porém, talvez guardasse para uso íntimo a sua banalíssima tragediazinha que não importava a Felisberto. Se ele pudesse entrar em contacto com as criaturas só em momentos gratuitos como aqueles... Lembrou-se de seu Rogoberto. Foi andando e pensando se teria mesmo desejado a morte de seu Rogoberto. Não chegou a uma certeza. Certas coisas não o incomodavam, no jogo de absurdos da vida. Não era pela falta de caráter do burocrata, mas não sentia o mínimo pesar pelo que lhe dissera a respeito de morrer. Consequência daquela sua desconformidade com a vida, singularidade que aliás lhe transmitia a consciência do seu próprio valor. Era como um espírito sobrepairando a tantas miseriazinhas e sentia-se único e solitário, à medida que ia vivendo. Quando deu fé já estava no salão a recolher um taco, festejado pelos parceiros.

– Seu Aquiles, quero um comprimido de aspirina.
– Pois não, meu caro jornalista.

Parecia não haver ironia naquele tratamento, pelo que o rapaz explicou cortesmente:

– Sou revisor apenas, seu Aquiles, sabe? Tem lido o *Eco*?
– Bom jornal. Mas acho que já tínhamos muitos vespertinos. Muitos jornais, afinal de contas. Para que mais um? O noticiário do rádio tem diminuído a importância dos jornais. Pagam bem?
– Mais ou menos.
– Antes assim.

A farmácia era realmente modesta, com uma porta somente, prateleiras de um lado apenas das paredes, para dar lugar a um balcão que corria pelo cômodo estreito e terminava num tabique, atrás do qual um empregado qualquer se mexia assoviando na sombra.

– Tem gostado da pensão?
– Mais ou menos.
– Antes assim. Dona Antônia não é má pessoa, não acha?

– Acho. Até logo, seu Aquiles.
– Até logo. Obrigado.

Na rua, Felisberto sorriu: tinha ido ali para conversar sobre as velhas, para provocar seu Aquiles a manifestar de algum modo o objetivo com que se desvelava em atenções para com Fani e Mercedes, sobretudo com esta... Como se o espírito capcioso de seu Rogoberto o houvesse contagiado! Talvez porque Fani iniciara um jogo de olhares contra ele, Felisberto, olhares furtivos mas intencionais, na hora das refeições. Que é que desejaria a quarentona magra?

Revoltava-se ainda mais contra esses olhares porque o atingiam, na sua insatisfação de errático às vezes entregue a uma verdadeira volúpia de rebaixamento, acostumado às rameiras sem idade, como sem cara, acontecidas nas esquinas obscuras de sua vida. E lhe davam ainda maior consciência da sua abjeção física, fermentação de apetites e baixezas, igual à dos outros. A ida à farmácia não se esclarecia bem para ele mesmo: talvez houvesse desejado simplesmente se informar sobre o passado da velha namoradeira, chamada assim, de velha, pela necessidade ou facilidade da nomenclatura de ambas na fauna dirigida por dona Antônia. Foi o burocrata quem lhe adiantou alguma coisa numa noite:

– Fani... quito está lhe namorando. Ela é histérica, meio maluca, escandalosa. Dona Antônia já botou um pensionista pra fora, por causa dela... Felizardo!

Vinha se recolhendo ao quarto e se encontrara com seu Rogoberto no corredor, meio nu, saindo do w.c., segurando as calças desabotoadas, mostrando em todo seu aspecto o que vinha de fazer, como se procurasse sempre emprestar a todos os atos o máximo de abjeção possível. Não lhe respondeu nada. No quarto, o caixeiro parecia que o esperava, sentado na cama:

– Mais uma carta falando em Deus. Quer ler?
– Pra quê?
– Quero que você leia.
– Dê cá... *Belito* é você... Lhe chamando de *meu amor!*... Para que é que eu vou ler? Se eu tivesse uma noiva virgem, bem virgem mesmo, não mostrava as cartas dela a ninguém.

Felisberto lhe devolveu o papel. O caixeiro chorava:
– Nunca mostrei nenhuma carta a ninguém. Mas a gente tem precisão de um amigo... Sou um desgraçado!

Felisberto sorriu deliciadamente:
– Hein? Será possível?
– Pra que deboche? Ela escreve *meu amor*, diz que está pedindo a Deus por mim, mas depois ameaça de romper o noivado se eu não der um jeito no casamento. Que lá todos já comentam a demora. Que por ela, esperaria muitos anos, mas que até a família... Que é que vou fazer com trezentos mil-réis? Não posso viver sem ela!

– Deixe ler a carta... Bom, leia você.

Abel começou a ler com voz hesitante, vencida, curvado para Felisberto, que deixara de sorrir e que de muito perto lhe observava as veias das têmporas palpitando quase que imperceptivelmente. Se as veias deixassem de palpitar, tudo seria tão fácil, tudo se resolveria, todas aquelas inquietações ridículas deixariam de existir como por um passe de mágica tão simples. Com alguma compaixão, sentia o absurdo daquele conjunto orgânico estacionado temporariamente em determinada forma que se convencionou chamar humana, sangue, nervos, músculos debaixo de um pijama pobre, máquina precária funcionando para chegar àquelas magoazinhas cretinas: com cabeça, tronco, braços, pernas, tudo admiravelmente organizado, ou maldosamente organizado, para atingir a tão pouco. E seria tão simples paralisar tudo... Ter-se-ia evitado o encontro de dois corpos igualmente miseráveis que se ansiavam distantes para a multiplicação daquelas mesmas magoazinhas! Abel terminou sem que ele prestasse atenção à carta.

— Responda dando bastante esperança a ela. Fale em aumento de ordenado, qualquer coisa assim. Pelo tom da carta, essa moça não abandona você.

— Acha, Felisberto?

— Garanto!

E Felisberto lhe sorria com uma piedade enorme, infundindo-lhe a certeza como a um filho, como o pai, o responsável por tudo, quase como um Deus arrependido e desorientado pelas imperfeições da sua criação. Aliás se lembrou rapidamente de Deus, ao colocar a cabeça no travesseiro. Se lembrou como para lhe pedir o aumento de ordenado para o outro, Deus é todo-poderoso; mas repeliu a lembrança como a uma fraqueza inane. Que é que adiantava? Abel se voltara para a parede e já ressonava com tranquilidade imediata, feliz como se não houvesse nascido, assim mergulhado no sono. Desejou-lhe pelo menos um bom sonho com a noiva.

No primeiro pagamento da quinzena do jornal, Felisberto mandara cinquenta cruzeiros para sua mãe e uma breve carta indicando o seu novo endereço, a sua nova cidade, como fazia sempre que se mudava. Veio a resposta, mas da sua irmã, noticiando que a mãe morrera; não tinham avisado porque não sabiam para onde, depois da carta em que ele dissera que ia procurar outro lugar. Leu a resposta no quarto, ao voltar do jornal, e ficou interdito, com os olhos ardendo. Felisberto, pelo amor de Deus! Era assim que a sua mãe o recriminava, desde pequeno, sem autoridade para impedir as suas diabruras... Quanta ingratidão. Ingratidão por quê? — reagiu de súbito, estremecendo. Dona Antônia bateu na porta anunciando o jantar. Respondeu que não ia comer. Estava com dor de cabeça. A matrona perguntou se queria um chá. Nada, obrigado: a dor passa com jejum e aspirina. Daí a pouco o caixeiro entrou no quarto como uma sombra indesejável:

– Não vai jantar, Felisberto?

Impressão estranha, a do seu nome naquela boca inútil, ali dentro lançado no ar estagnado, afirmação de que ele continuava, continuaria a existir... Não lhe respondeu e o débil mental saiu com a mesma naturalidade de sempre, como se achasse normal a falta de resposta. Se soubessem, viriam com os cumprimentos de circunstâncias, indiferentes e cretinos... Felisberto, pelo amor de Deus! Lá vinha dona Antônia bater novamente na porta, perguntar se desejava alguma coisa. Nada, obrigado. Está passando? Está passando, obrigado. Como eram incômodas e insistentes as criaturas humanas... Se sua mãe não procurasse até viver por ele, um espírito de sacrifício que ia às raias do impossível, talvez tivesse ficado ao lado dela, vivendo para ela. Teria ficado? Para que perguntas... E vivera todos aqueles dias sem o mínimo pressentimento de que uma criatura deixara de existir, uma criatura que vivia pensando nele! E ainda vinham falar em sobrevivência da alma... Estremeceu e na escuridão do quarto buscou na sua mala o pequeno crucifixo, que ela lhe dera para segui-lo a vida inteira. Reteve-o crispadamente entre os dedos. Felisberto, pelo amor de Deus! Se a alma continuava a existir, que lhe desse um sinal qualquer naquele quarto, dentro ou fora do seu ser, um sinal qualquer, um sinal qualquer, um sinal... Insistia sem remédio, perplexo e angustiado. Um sinal qualquer! Sentia-se gradativamente aliviado de um grande peso, de menos um liame existencial. Talvez fosse melhor deixar de imaginá-la como um corpo igual aos outros, forçado a viver miseravelmente dia a dia, e ficar apenas com a lembrança dela. Viverá em mim, enquanto eu viver, e depois nos igualaremos. Agora, nem mais angústia, nem perplexidade, nem olhos ardendo... Vestiu-se e saiu para a sinuca.

— Senhor Rogoberto, disse seu Aquiles com estranha frieza. Se o senhor não pagar a conta este mês, corto-lhe o crédito.

Seu Rogoberto sobressaltou-se e deixou de partir o bife; mas logo se dominou para voltar a sobressaltar-se:

— Está bem, seu Aquiles... Hein? Mas o senhor sabe que os remédios são pra Luciana! E não tenho dinheiro este mês...

— Mas para certas coisas o senhor tem sempre dinheiro, tornou o farmacêutico lentamente, silabando as palavras como um carrasco.

— Hein? Não sei de que o senhor quer falar, sabe?... Pois corte a conta, careca! Vou arranjar dinheiro e lhe pagar, mas corte a conta, plutocrata, amante do ouro, indivíduo que não gasta nem cabelo! E vir com isso logo agora na hora do almoço...

Seu Aquiles sorriu com superioridade:

— Era preciso que fosse agora, quando todos estão reunidos, pois a sua língua gosta de muitos ouvintes. Desde que comprei a farmácia e vim para esta rua, já encontrei dona Mercedes como a melhor freguesa. Então eu não devia ter atenções de cortesia para com a melhor freguesa da minha farmácia? Sou educado, estudei numa escola superior. Porém o senhor foi encher os ouvidos de dona Antônia.

— Eu?! Quem lhe falou?
— Não lhe importa saber.

— Pois quer saber de uma coisa, seu careca? Não posso falar claro, mas entenda: vá a isso-assim-assim. Seu Aquiles empalideceu mais, sem descer de sua superioridade. Sorria ainda. A cena se tornara importantemente desagradável, por motivo da presença de dona Luciana, que viera à mesa naquele dia. E o calvo não tivera consideração alguma para com a presença da pobre senhora! Felisberto já a conhecia, de encontros rápidos no corredor, de um jantar, de uma ou outra vez que ela vinha à sala para espairecer. Era magra, pálida, distante, um ar inconcebível, quase irritante, de mártir. Ar quase irritante mas discreto e distinto, muito acima da vulgaridade safadota do burocrata. Devia ter sido bonita, com os seus cabelos meio alourados, apanhados num coque antigo, o corpo alto e esguio. Houve um momento em que Felisberto estivera para intervir na discussão, quase policialmente, aos berros, mandando calar ao malvado boticário e ao funcionário com sua reação cretina. Mas se conteve, fingindo-se alheio, com receio de aumentar o escândalo e fazer crescer a perturbação de dona Luciana, que se fizera lívida e trêmula desde o começo do diálogo.

— Vamos, Luciana, disse seu Rogoberto levantando-se de sopetão.

Ela amparou-se no braço do marido e saíram devagar. Rompendo o silêncio pesado, dona Antônia fitou com dureza o farmacêutico:

— Com efeito, seu Aquiles! Sim senhor!
— Mas a senhora não me disse?
— Disse sim, mas foi só pra brincar com o senhor... Não, eu não admito isso! Seu Rogoberto é leviano mas boa pessoa, e muito antigo aqui. E dona Luciana, coitada! Não respeitar ela! Pois lhe digo isto: desconte o débito deles no que me vai pagar pela sua pensão, que depois eu acerto com eles... E não repita isso, se quiser continuar aqui!

– Dona Antônia, eu...

– É só querer sair. Sabe que os lugares aqui são procurados, tenho sempre candidatos. E mais barato não acha, já sabe...

– Com licença.

Seu Aquiles se ergueu com estudada lentidão e se retirou sempre com o ar de superioridade, pela porta da rua. Ela contemplou-lhe a retirada:

– Já se viu!

E continuou a tirar os pratos da mesa. Durante tudo isso, as velhas haviam continuado a comer, embora meio contrafeitas. Boa ocasião para Fani desmaiar, pensara Felisberto, até o desejando, a fim de desviar a atenção dos autores do escândalo. Ela porém não desmaiara, almoçando pequeninas garfadas, entre goles d'água, e namorando-o cretinamente... Gestal nem Irene estavam. Os portugueses do canto da mesa acompanharam a troca de palavras divertidos mas indiferentes. Aliás, tais incidentes não pareciam raros ali e apenas Felisberto, apesar de se fingir alheio, se impressionara muito com aquele e começara a julgar dona Antônia excelente pessoa, bom coração, sob a capa de rispidez. Seu Aquiles compareceu ao jantar. Seu Rogoberto também, sem dona Luciana. Uma certa frialdade no ambiente, e nada mais. Pareceu-lhe que todos estimavam o coração de dona Antônia. E talvez seu Aquiles, para se esquecer da advertência do almoço, se apegasse ao preço da pensão, à comodidade da vizinhança da farmácia, ou mesmo – quem sabe? – à corte de Mercedes...

– Não preciso disso, acrescentou dona Antônia, na copa, a Felisberto, com ar vitorioso. Comigo é assim! A casa é minha, deixada por meu marido, major da Brigada Policial. Se quiser sair, que saia. Se quiser ficar, que fique. Não me faz falta. Podia até fornecer marmitas, ter pensionistas externos, ganhar muito mais dinheiro; mas não quero, pra evitar muitas amolações... Ruindades, não admito não.

Entre os acontecimentos essenciais, dignos de serem registrados, houve, dias depois, certa noite em que a pensão já estava mais ou menos repousada, uma discussão no quarto de dona Antônia. Felisberto lia o suplemento literário de um jornal, enquanto Abel já ressonava, quando a discussão começou, abafando o murmúrio do terço das velhas. O quarto da matrona tinha porta para a sala de jantar e Felisberto saiu até ali, a ver o que seria. Uma voz desconhecida de homem, falando não muito alto, mas irritadamente, e a voz de dona Antônia a responder, mas num tom lamuriento, absurdo, incrível na personalidade da ditadora. Felisberto ficou na sala fingindo ler. Não podia entender o que diziam. Pela porta da rua, que devia ter sido escancarada pelo estranho, viu Irene e Gestal entrarem o portão, vindo do cinema habitual, muito agarrados. Separaram-se ao vê-lo. Ao entrarem, perceberam a discussão no quarto. A moça fez semblante de uma contrariedade extrema:
– É ele.

Gestal deu de ombros – que é que eu posso fazer? – e desejando boa-noite, adiantou-se para o corredor, na direção do seu aposento. Irene hesitou um momento, olhou para Felisberto, sem dizer palavra, e penetrou no dormitório da velha, que era também o seu. Imediatamente a sua voz se casou à discussão. Daí a pouco, abrindo a porta com força, um sujeito saiu, passou por Felisberto gingando decididamente os ombros, com um sorriso canalha. Com um sorriso. Canalha, Felisberto acrescentou no dia seguinte, quando seu Rogoberto lhe explicou quem era: um filho de dona Antônia, que não tolerava aquelas ruas medíocres, ao que dizia, mas não tinha nem emprego certo. Vivia misteriosamente e de vez em quando aparecia ali, para exigir dinheiro da mãe ou da irmã. Tais informes lhe vieram logo pela manhã, na hora do café, e Gestal, também sentado à mesa, forneceu mais detalhes com franqueza: sujeito desclassificado, viciado, aquele Diógenes...

— O cínico Diógenes, intercalou o burocrata exibindo algumas luzes.

Já andara envolvido em falcatruas, com nome e retrato nos jornais. Seu Rogoberto tinha até um desses jornais guardado... Calaram-se quando dona Antônia veio da cozinha com o bule, nem alegre nem triste, como sempre.

— Irene já está pronta? perguntou Gestal. Diz a ela que está quase na hora.

— Ficam no cinema até aquela hora e depois, pressa!

Era como se nada houvesse acontecido. Dona Antônia até sorria.

— Não fale naquilo a dona Antônia, disse o burocrata quando ficaram sós. É assunto que ela não admite não: estrila e pode até mandar embora o pensionista.

— Falar pra quê, coitada!

Seu Rogoberto mudou de repente de fisionomia:

— Isso acaba mal... esses dois sempre juntos... esse cinema toda noite!

Felisberto teve vontade de lhe contar o agarramento em que os vira na véspera, para ferir ainda mais aquele poço de lubricidade despeitada. Mas calou-se.

Era dia de feira e dona Antônia saíra com a única empregada, depois de servirem o café. A casa era só silêncio, sacudida pelos caminhões que atroavam a rua, pelos bondes na via próxima. Felisberto sorriu num impulso de aviltamento criminoso, ao sentir os passos femininos no corredor. Entreabriu a porta: era Fani. Abriu a porta e puxou-a para dentro do quarto.

— Aqui não! Aqui não...

Aquela complacência decepcionou-o, porque esperava confusamente até um delíquio, histerias de virgem velha, a necessidade de ameaçá-la, de amordaçá-la, o risco de vê-la desfalecer nos seus braços e não voltar a si, um perigo qualquer que subvertesse aquela desesperada monotonia, aquela vidinha entre vidinhas.

Ela ainda o abraçava, braços magros e quentes, e Felisberto é que se desvencilhou deles, com náusea:

— Não caia na tolice de pensar que foi por amor ou por namoro. É porque eu estava necessitado, sabia disso!

Fani mostrava um sorriso enlanguescido e triste diante de sua brutalidade:

— Que pecado. Mercedes está na missa e eu pecando mortalmente! Mas Deus não há de querer um filho disso. Só da primeira vez tive um filho, que morreu na casa de Mercedes, enquanto eu andava por aí... Conheço muito os homens, Felisberto.

Felisberto! Um passado ressurgiu em poucas palavras, acompanhadas de uns soluços torpes que pareciam copiar o espasmo de pouco antes. O rapaz afastou-se para a cama do caixeiro, a fim de não atirá-la no chão, para fora da sua própria cama, enojado e perplexo.

— Mas Mercedes ficou viúva e me chamou, amparou. Felizmente ela tem o dinheiro do montepio do marido e não precisei mais de ganhar o dinheiro dos homens. Me ensinou o caminho de Deus!... Sou fraca, mas Deus me protege, quando o diabo me vence ainda, contra as suas santas leis... Não me castiga, não. Se eu casasse, com a bênção divina, bem que poderia ainda ter um filho pra substituir o que morreu sem mim.

Idiotice capciosa ou idiotice apenas? Felisberto levantou-se.

– Vai embora, e depressa!
Ela ia saindo de cabeça baixa, trêmula, humilde como uma escrava. O rapaz foi vencido pela piedade:
– Fani, é porque alguém pode chegar de repente.
Ia dizer mais coisas, que ela era uma idiota mas ele era um vil, que a vida era um absurdo e uma estupidez, que... mas um tumulto interior inconsequente e torrencial engasgou-o, enquanto a velha desaparecia sem olhar para trás.

Depois que terminava o expediente da sua repartição, seu Rogoberto fazia ponto numa esquina da praça dos teatros, a apreciar as boas que transitavam em torno das casas de moda. Ficava mesmo na esquina ou às vezes encontrava companheiros para uma conversinha de café, mas numa mesa próxima à rua. Ele mesmo é que dizia: fazer ponto. Até que tomasse um bonde que o colocava na pensão em cima da hora do jantar. Ali o via Felisberto quando saía das oficinas do jornal; entre outros sujeitos dados à análise vadia de conjuntos femininos, debaixo de um critério não de perfeições estéticas, mas da vibração sexual que as mulheres passantes transmitiam aos analistas vadios.
– Olha aquela, seu Rogoberto!
O burocrata possuía um jeito especial de sibilar entre os dentes, como se estivesse sentindo muito frio, enquanto engendrava no íntimo uma expressão quase sempre estapafúrdia, digna dela:
– Pimenta-malagueta na pontinha da língua!
– Para-choques muito fortes, com suportes reforçados. (Eram os seios, pela mímica do comparsa.)
– Me pisa, pequena.
– Deve ser mina, porque riu.
– Sei lá. Pode ser... Se eu tivesse o endereço do muque!

— E a grana?

Coincidia às vezes com a parada de Felisberto ali, à espera do bonde, a passagem de uma dessas velhas impossíveis da grande cidade, com um sorriso postiço estudado positivamente diante dos filmes, com as atrizes do cinema. E a turma era impiedosa:

— Tire a máscara, velha!

Certas brincadeiras não deixavam de fazer sorrir a Felisberto, e principalmente aquela, não sabia por que, sendo certo, porém, que as maduronas irresistíveis transitavam sem o menor sinal de irritação, inatingíveis. Quase sempre tomavam o bonde juntos, seu Rogoberto e ele. O burocrata se punha a lhe informar, doutoralmente, sobre o que significavam aquelas misteriosas palavras de canalhice, o que Felisberto ouvia sorrindo, sem lhe explicar que já conhecia todas elas. O rapaz se ia acostumando com o funcionário público, tal qual era, o que é uma maneira mecânica de aceitação. Só sentia ainda repugnância dele quando via dona Luciana, praticamente abandonada, com a sua cara de mártir, distante e distinta.

A esquina ocasional favoreceu a Felisberto uma aproximação com o filho de dona Antônia, que também era visto por ali, nos cafés ou à porta dos teatros.

— Diógenes, o cínico! exclamava seu Rogoberto, que mantinha com ele uma camaradagem enternecida.

Apresentou-o a Felisberto: o tipo não deixava de ser um tanto ou quanto simpático, alto e moreno, muito cortês, se pondo logo em intimidades:

— Tem gostado da velha? É rabugenta, mas boa criatura. Não era você que estava na sala, quando fui lá outro dia?

Tinha-o visto depois num bar entre marinheiros norte-americanos. Parecia um dos seus expedientes de vida, aquele de distrair homens dos navios surtos no

porto da cidade, passear com eles, encaminhá-los às ruas do meretrício: Diógenes falava muito, num inglês certamente de oitiva mas corrente, e os marujos riam desbragadamente. Que exibição aprimorada de cinismo estaria fazendo o cínico, para fazer rir os metecas? E estes levariam aquela impressão de um nacional... Mesmo com esse pensamento, Felisberto não conseguia desestimar o outro pelo seu desejo de viver só, que fora sempre o seu próprio desejo, – mas sem mãe, sem ninguém. Sim, o seu desejo, a sua atitude, para com toda a humanidade. Às vezes não lhe bastava saber isolar-se dos seus semelhantes, quando rodeado por eles. Através desse esforço de solidão é que atingira talvez aquela altura de desconformidade e de estranheza, olhando-os e sentindo-os como autômatos, como um espetáculo absurdo, como uma vegetação – inteiramente alheia ao seu próprio ser – que se pusesse a andar, a falar, a rir e chorar. Entretanto o conhecimento das suas miseriazinhas lhes dava uma realidade pungente e revoltante, mesmo para Felisberto colocado ou se colocando fora do círculo fechado em que aquelas vidinhas rodavam para o nada num jogo de inanidades. E surgiam nele ímpetos de remediar o irremediável, como aquele que o fizera procurar Diógenes na praça, até encontrá-lo a vender bons lugares para uma peça num teatro próximo:
– Sua mãe fez anos ontem.
– Sei. Mandei um telegrama.
Devia ser mentira, pensou Felisberto divertido; e retrucou:
– Muito cortês! Mas é sua mãe, Diógenes... Por que não aparece lá no domingo, pra jantar?
– Pode ser.
– Vai, pra dar prazer à velha.
– Vou.

E continuou a apregoar os ingressos para o teatro. Felisberto saiu contente. Acostumara-se a ver no fundo das malcriações e contrariedades da matrona o sentimento da ingratidão daquele filho. E na verdade se tomara, muito depressa, de uma ânsia de remediar o que fosse remediável, naquelas existências reunidas em torno de dona Antônia, ânsia que já lhe acontecera em outras oportunidades e que acabava decaindo numa prostração desiludida, numa necessidade de mudar de ambiente, de espetáculo... Porque, no íntimo, amava os atores inconscientes, por excesso de piedade, e quando se convencia de que não podia dar-lhes mais lógica e mais amenidade às cenas, variava delas.

E assim chegou o domingo final, mal começado quando Fani lhe entrou sorrateiramente no quarto (o caixeiro tinha saído para a missa elegante de domingo).

– Vai embora, Fani!

Ela queria dizer alguma coisa, mas não disse nada, diante da sua ordem peremptória. Sentou-se, trêmula, na sua cama, com o ar de escrava, sem olhar para ele. Também nas refeições deixara de olhar para ele, o que Felisberto punha à conta de manha feminina – para despistar dona Antônia. O ar de escrava e aquela misteriosa inocência de idiota, de cretina, talvez de doente, que sobrevivia à sua degradação passada, a tudo.

– Vai embora, Fani. Depois... Tem gente por aí!

Ela saiu com a mesma atitude e o rapaz se levantou de mau humor. O aniversário da matrona ia ser comemorado naquele dia, segundo velha praxe de pensão, para comodidade de todos. Haveria almoço, em lugar do ajantarado domingueiro, e um jantar à noite, até com bebidas, sem que cobrasse extraordinário. No almoço, seu Rogoberto iniciou os cumprimentos, dando um "reabraço de reparabéns" a dona Antônia sorridente. Havia alguma cordialidade entre todos, o que fez certo bem aos nervos tensos de Felisberto. Durante o dia, ele esteve perambulando, um pouco distraído de tudo, na expectativa do jantar em que daria de presente a dona Antônia a presença de Diógenes. Era um detalhe mínimo dentro das ondas do mundo essa presença a que, como lhe ocorria às vezes, principiara a dar uma importância extraordinária...

Quando o jantar começou sem o filho, teve uma contrariedade enorme. Deu-se, no entanto, uma cerimônia que aumentou a significação do ágape: Gestal se ergueu, logo no começo, para anunciar o seu noivado com Irene. Palmas. Evidentemente a matrona já sabia disso e não teve a mínima surpresa, mas se revelou contentíssima, agradecendo os cumprimentos gerais. Seu Rogoberto disfarçou bem qualquer pontinha de despeito imbecil e fez um brinde aos noivos.

Felisberto estava possuído da certeza absoluta de que Diógenes viria. E ele veio. Chegou quando o jantar ia pela metade, abraçou a velha sem grande efusão, sentou-se ao lado dela, que sorria absolutamente feliz. Cumprimentou ainda o futuro cunhado, num abraço contrafeito, e era evidente que não se davam muito bem. Felisberto, numa plenitude de aspiração realizada, disse estas palavras que já trazia preparadas na mente:

– DONA ANTÔNIA! A VIDA É UMA REPETIÇÃO FASTIDIOSA. EM MIL GERAÇÕES HUMANAS MILHÕES DE VEZES SE REPETIRÁ O CASO BÍBLICO DO FILHO PRÓDIGO! TENHO A CERTEZA DE QUE A PRESENÇA DE DIÓGENES LHE SERÁ UM PEQUENO INSTANTE DE FELICIDADE. MÃE,

APROVEITE ESSE PEQUENO INSTANTE DE FELICIDADE! O FILHO INGRATO VOLTOU E PENSO QUE BASTA UM ESFORÇO DE COMPREENSÃO PARA QUE ELE FIQUE.

Havia algo de alto, quiçá de eterno, de um emissário divino a deferir uma graça, nos termos e nos gestos do rapaz que bebera um pouco. Mas ninguém reparou nisso. A emoção dos ouvintes foi enorme e dona Antônia chorava de alegria. Seu Rogoberto, já tocado pela bebida, ao lado de dona Luciana distante, concluiu entre palmas:

– Diógenes, o cínico, virou o filho pródigo!

Aliás, dona Luciana já não estava tão distante como de costume e sorria cordialmente para todos, até para o próprio marido. Tinha um vestido fora da moda mas distinto pela simplicidade, atenuara a extrema palidez com maquilagem discreta, chegara a ficar levemente bonita pela simpatia despretensiosa.

Agora, senhor da efusão daqueles entes, Felisberto comandava as diretrizes da sua cordialidade:

– Um brinde a Abel, ao futuro casal que teremos aqui! Tenho a certeza de que para o próximo aniversário teremos aqui mais um casalzinho... Dona Antônia, a senhora fará um preço camarada, não?

O caixeiro sorria, o que não tinha importância, porque era seu hábito sorrir sempre. E depois que todos riram, que dona Antônia disse que sim, que bateram palmas, ele iniciou uma risada interminável, muito feliz, com os olhos enternecidos pelo vinho. Uma risada que contagiou alegremente a comparsaria. E Felisberto de novo:

– Seu Aquiles! Seu Rogoberto! Um brinde à paz dos corações!

Os dois homens se sorriram erguendo os copos, de boa vontade. As saudações se propagaram. Seu Rogoberto se dirigiu aos noivos:

— É preciso que os noivos selem de público o noivado!
— Que selo, seu funcionário público?
— A estampilha de um beijo, Gestal?
— Sim! Vamos fiscalizar os selos, gritou o português do canto da mesa. Na boca! (Estava só: o irmão ficara no botequim, com um empregado, atendendo ao movimento do domingo.)

Gestal beijou Irene levemente, na boca, e revidou ao burocrata:

— Agora, um brinde a dona Luciana! Seu Rogoberto, um selo...

— Na boca, mandou o português.

O burocrata não teve hesitação em beijar a mulher na boca. Ela fechou os olhos, com o seu ar cansado, corando um pouco do ato público, numa tímida surpresa, como se há muitos anos os beiços do marido não lhe tocassem — pareceu a Felisberto.

Findaram as comidas, mas os comensais permaneceram por ali. Gestal e Irene se aconchegaram no canto da varanda, seu Rogoberto e dona Luciana foram para o sofá, seu Aquiles e Mercedes, dona Antônia e Diógenes, Abel e seu Joaquim ainda na mesa. Fani caminhou devagar na direção do seu quarto. O rapaz vinha observando o seu ar indiferente, a única!, durante a festa e seguiu-a no corredor, disposto a integrá-la na alegria geral:

— Dona Fani!

E quando ela entreparou de olhos baixos, lhe disse baixinho:

— Volte pra sala. Escute: eu caso com você. Terá um filho que substitua o outro.

Ela tornou, com Felisberto, possuído de uma nova fase de entusiasmo febril, os olhos incendidos, mas senhor de si e de todos:

— Dona Fani queria se esconder no quarto num dia como este!

A velha se foi postar à mesa, ao lado da irmã, que conversava com seu Aquiles. Devorando-o com olhos de uma gratidão infinita. Será que acreditara na sinceridade da promessa? Felisberto queria que sim e na realidade Fani se integrara na felicidade ambiente.

O rapaz se distribuía entre todos, apanhando pontas de conversas aqui e ali, sorrindo a todos os sorrisos. O caixeiro, muito calado, dormiu de súbito sobre a mesa. Levaram-no arrastado para o quarto. Deve ter adormecido com um pensamento feliz, se dizia Felisberto conduzindo-o, com seu Rogoberto. Depois, seu Aquiles pediu licença, veio dar o último abraço a dona Antônia – Felicidades! – e, com um bocejo estudado, deu boa-noite aos grupos, retirando-se. Logo após, Mercedes e Fani se foram:

– Felicidades, dona Antônia!
– Felicidades!

Felisberto sustentou com firmeza o último olhar da velha, já do corredor.

Seu Joaquim tinha de voltar ao botequim mas se esquecera disso, bebericando cerveja, de uma rodada que oferecera por conta própria, preso a uma interminável discussão com Diógenes, a respeito da primazia do fado sobre o samba, uma questão de sentimento vencendo a arrelia. O luso perdia-se em divagações, lutava contra uma invencível dificuldade de expressões para mostrar o que para ele significava esta palavra – arrelia, característica do samba. Cantavam em voz média excertos de canções populares, o filho pródigo acompanhando as suas com batidas de dedos numa caixa de fósforos. Dona Antônia assistia com extraordinário interesse à discussão, que só terminou, sem vencido, quando seu Joaquim bebeu o último copo de cerveja e declarou que ia dormir.

– Felicidades!

— Você fica, não é, Diógenes? falou Felisberto, num tom persuasivo que não admitira nem resposta.

— Faço a sua cama aqui na sala, disse a mãe feliz. Amanhã se arranja jeito de você ficar num dos quartos.

— Esta velhinha! É rabugenta, mas boa criatura... disse o filho abraçando-a e dando-lhe um beijo em cada lado do rosto.

Seu Rogoberto passara o braço por sobre os ombros de dona Luciana e os dois tinham ficado assim, calados, esquecidos... Foi a mulher quem lhe tirou brandamente o braço:

— Vamos, Rogoberto? Felicidades, dona Antônia.

— Felicidades, repetiu o marido. E por muitos anos ainda!

Mas antes de deixar a sala o burocrata chamou Felisberto a um canto e segredou-lhe:

— Você reparou que Luciana quando quer ainda fica bem bonita? Hoje temos festa no quarto!

Felisberto já não estava disposto a sentir nojo ou revolta diante da desfaçatez da revelação, em face daquele sujeito que exigia um copartícipe mental para o seu prazer de cônjuge. Sorriu até, certo de que todos os prazeres vinham da sua proeminência naquela noite sem precedentes.

Dona Antônia ordenou a última retirada:

— Irene! Gestal, são horas.

— Felicidades, dona Antônia, para a senhora, para os noivos e para o filho pródigo, falou Felisberto com o último riso, feliz com a felicidade de todos.

No quarto, Felisberto voltou lentamente a si mesmo. O caixeiro estava mergulhado num sono de chumbo. Toda a pensão estava mergulhada num sono de chumbo. Só ele velava e tinha a impressão de que velava por todos, que os tinha a todos sob a sua proteção, àqueles que tinham todos adormecido felizes, uns mais, outros menos, uns por motivos pessoais, outros por influência do ambiente de cordialidade humana. Felizes sim, embora de uma felicidade relativa, a única possível na Terra. Lhe veio lentamente a decepção de uma obra inacabada, pela sua precariedade, com todas as miseriazinhas provisoriamente esquecidas. Amanhã... Foi então que lhe ocorreu o pensamento definitivo: excelente momento para fazer tudo estacionar, um minuto feliz dentro da eternidade, como devia sempre acontecer! Um segundo como a iluminação de um raio e estava deliberado: todos morreriam felizes. Ainda hesitou, ou melhor, esperou, quando percebeu que alquém entrava pela porta da rua: era o português que ficara no botequim e não estivera no jantar. Aquele não estaria tão feliz como os outros, mas quando menos satisfeito com a féria domingueira, no seu afã de enriquecer no Brasil. "Portugal é a saudade – O Brasil é a esperança" – cantara seu Joaquim para o filho pródigo, com a cara ingenuamente alegre. Felisberto sorriu, mas não modificou a sua resolução. O que chegara por último, se fosse consultado, se recusaria à imolação. Evidentemente todos se recusariam a morrer, se fossem consultados. Mas quem é que consultava as criaturas sobre fatos essenciais do seu destino, desde a concepção a qualquer instante até a morte a qualquer momento? Caminhou febrilmente na direção do banheiro e abriu a torneira de gás do velho aquecedor, deixando a porta aberta. Passou pela sala de jantar (o filho pródigo ressonava num colchão sobre a mesa), foi à cozinha e abriu todas as torneiras do fogão a gás, deixando bem aberta a porta para a copa, para a sala, para o corredor. Ao retornar, pensou em abrir as portas dos quartos, mas teve receio de despertar as criaturas: as janelas baixas estariam cuidadosamente fechadas e o gás penetraria pelas frestas das portas internas, de maneira fatal. Apenas o seu quarto ficou aberto. Despiu-se depressa, sentindo o cheiro que se espalhava; vestiu o pijama automaticamente, como se um outro Felisberto estivesse ignorando o que ia acontecer irremediavelmente, como se aquele corpo, que ia morrer também, não fosse o dele, o invólucro do seu espírito que sobrepairava numa plenitude gloriosa. Sua própria morte não lhe importava de maneira alguma. Deitou-se e ao colocar a cabeça no travesseiro não se lembrou rapidamente de Deus, porque tinha tomado o lugar de Deus, no seu pequeno mundo. Estava tão contente, tão satisfeito com a sua missão, tão sem preocupações ou intenções para além daquela, que dormiu imediatamente.

ORDEM FINAL

A visita daquele primo, solteirão solitário e sempre arredio, causou espécie a dona Carlota, naquela perplexidade que se seguiu à missa do sétimo dia.
– Morreu, então, o xará? disse ele sentando-se.
– Morreu, sim, respondeu ela com simplicidade. Não teve jeito não.

Joaquim – ela sabia que, na intimidade da família, se referiam a ele como o Joaquinzinho, em razão da sua estatura – enxugou o suor da calva, reparando sem qualquer discrição na mobília desmantelada, na sala pequena, nos dois meninos sujos que se agarravam à saia de dona Carlota olhando curiosamente para o desconhecido (estavam sujos e desarranjados, sim, e ela tinha vergonha disso, atrapalhada pela visita, que não podia prever, muito menos na hora em que estava preparando o jantar).
– Sabe – retornou ele, com esforço, – sabe que fomos muito amigos? Antigamente, antes do casamento. Como irmãos.
– Ele me falou uma vez, murmurou dona Carlota mentindo. Por que não veio ao enterro? Devia ter gostado...
– Quem?

— Eu –, murmurou ela estremecendo, assustada com a alusão insensata ao morto, consequência daquela confusão de espírito em que se encontrava depois dos dias incertos passados, antes dos dias incertos futuros.

— Sabe que estou aposentado, com bons vencimentos?

— Sei sim. Me falou uma vez, durante a doença (e era verdade).

— Sim, eu poderia ter sido útil, de algum modo. Ajudar... Mas não sabia de nada. Casou, afastou-se, nos perdemos de vista. E com franqueza, me acostumei a viver sozinho, de tal maneira que... Porque não é vantagem, sabe? Fica-se pensando muito, em coisas sem importância. Vejo que não está certo, nem sozinho, nem... Mas pensava no Joaquim casado, mulher, filhos, como um homem feliz. E me lembrava dele como um irmão que tomou um rumo contrário, para acertar na vida, ideias contrárias... Um xará com quem por muito tempo confundi a minha vida, com as mesmas ideias a respeito, juntos até mais ou menos no meio da existência, sabe? Como um outro eu, sabe? Um outro eu que tinha seguido um caminho mais certo, que tendo família tinha a sua felicidade, sabe? E longe do meu pensamento que pudesse estar precisando de mim.

Calou-se de novo e tinha as mãos magras e trêmulas. Magras sempre. Trêmulas do momento confuso. Dona Carlota, porém, tomava aquelas palavras como simples conversa de visita de pêsames e, na verdade, não lhes prestava muita atenção.

— Pois bem, disse ele animando-se de súbito. Vamos pôr os pontos nos is. Quanto é que vai ficar recebendo?

Dona Carlota declinou a modesta quantia da pensão que lhe deixara o marido.

— Cinco filhos?

— Cinco filhos.

— Não chega não.

Uma nova pausa, durante a qual a viúva teve vontade de chorar. Impiedosa, aquela franqueza.

— Eu sei que não chega não, seu Joaquim. Mas que é que vou fazer?

— Para isso é que vim. Não sou rico, mas enquanto viver tenho bons vencimentos, muito grandes para uma pessoa só... (Estacou novamente, por uns minutos.) Moro numa casa enorme, que foi do meu pai, isto é, do seu tio afim... Quer?

Dona Carlota sobressaltou-se, sem compreender coisa alguma, de tal sorte que se levantou da cadeira sem o querer. Ou talvez receio de compreender alguma coisa que a ofendesse ou ofendesse a ele.

— Sim, disse o visitante com terrível percuciência. Sou solteiro, sozinho, mas velho, mais do que velho, acabado. Tenho uma criada velha. E a senhora já não tem nada de moça, ou melhor, está também acabada, com essa vida de... dificuldades. Por que é que se assustou, prima? Sozinha ainda vai ser pior agora... Irá pra lá, com os meninos, e ajudarei nas despesas. Vim pra lhe dizer isto.

Ela se sentara outra vez e meditava retransida. Os três meninos maiores, que brincavam na rua, entraram reclamando o jantar. Joaquim se levantou, como se os petizes o expulsassem dali.

— Tem tempo pra resolver. É uma coisa que pensei em fazer... pelo xará. Mande me dizer. Boa tarde.

Três dias depois, após meditar muito, dona Carlota estava instalada, com os cinco filhos, na casa tradicional da rua Coronel Pantaleão. Doía-lhe cair sob a proteção daquele desconhecido que jamais se importara com o seu esposo doente. Afinal de contas, ele se desculpara mais ou menos, um outro eu etc., coisa que não entendera bem mas que eram desculpas para o seu pouco-caso.

Já ouvira o marido falar naquela casa, que era a mais importante do pessoal da família dele, embora nem tão importante assim, acachapada no alinhamento da rua. Nem mesmo grande como costumavam ser as moradas antigas. E suja, e abandonada. Cabia todos, o que era verdadeiramente importante. Assim como as paredes precisavam de pintura, o chão precisava de ser varrido direito, e lavado. Nessa parte, que lhe era possível, dona Carlota ocupou o seu primeiro dia.

– Pra que isso, prima? Você fraca dessa maneira! exclamou Joaquinzinho chegando da rua. Prima, vem cá.

E levou-a até à entrada dos dois cômodos que ocupava, o escritório, dizia ele, com a velha mesa, cheia de papéis, uma estante com livros velhos, jornais espalhados pelo chão, e o quarto de dormir, com uma cama e um guarda-roupa antigos, este inútil, já que os ternos estavam sobre os encostos e a roupa branca sobre os assentos das cadeiras antigas, em número de quatro ou cinco.

– Aqui você não mexe, sabe? Isméria é que sabe arrumar os meus aposentos. E veja se os meninos podem fazer menos barulho. Porque – concluiu, abrandando-se, – solteirão não está acostumado com meninos, sabe?

Os filhos, no momento, faziam alarido no quintal, tão longe – pensou ela, ressentida. Só notou que faziam alarido, por causa da observação do dono da casa que, em lugar de se recolher aos aposentos, como ele dizia, continuou por ali, indo e vindo em redor dela enquanto passava o escovão sobre o chão ensaboado.

– O senhor vai molhar os pés, seu Joaquim.

– Não me chame de senhor, prima, que estou lhe chamando de você, murmurou ele com uma voz velada, a que o senso feminino emprestou intenções indefinidas, naquela insistência em permanecer por ali.

Dona Carlota seria incapaz de supor qualquer coisa de menos recomendável, mas aquilo a atrapalhava e até a perturbava; e ainda mais quando o velho falou baixinho:
– Carlota.
– O que, seu Joaquim?
– É que... olhe aqui... Para as despesas do mês.
O esquisitão lhe estendeu o dinheiro sem olhar para ela. E lhe pareceu até, na sala meio sombria, que ele corava um pouco, longes de cor na pele ressequida, entre os pelos da barba por fazer, ofegando discretamente de comoção e retirando-se logo na direção do quarto. Dona Carlota, depois de se comover também, sorriu de coração aberto, maternalmente, ao observar aquele menino tão velho...

E a vida foi prosseguindo, não sem alguns incidentes, relativos à delimitação de competência na administração caseira, entre ela e a preta Isméria, que a recebera de má vontade. Dona Carlota, ensinada pela vida, foi cedendo terreno enquanto podia ceder, deixando a cozinha por conta da criada velha, restringindo a sua atividade às salas e aos dois quartos que ocupava com os meninos, de tal sorte que as concessões abrandaram a preta. Havia um aspecto que se poderia chamar de evasão clandestina das rendas do solteirão, – visitas que Isméria recebia na cozinha e que dali se afastavam pelo oitão conduzindo embrulhos visivelmente suspeitos. Mas o próprio Joaquinzinho aconselhou a prima a não intervir no caso: eram pessoas necessitadas, famílias amigas da governanta, a que esta socorria com mantimentos e pequenos presentes. Com a sua experiência de bairro pobre, dona Carlota se revoltava contra o desfile de negras rechonchudas que deviam viver à custa do aposentado, por intermédio daquela tradição ismeriana; mas se conformava com a situação, com a sabedoria do infortúnio, embora ficasse a seu cargo fazer o sortimento da despensa e fornecer quantias à preta para o mercado.

Dificuldades maiores, entretanto, foram criadas pelos filhos. Menino é menino e quer brincar, saltar, gritar, chorar até às vezes. Era a natureza que lhes ordenava a agitação. A própria mãe sempre tivera prazer em vê-los alegres, desde que não fizessem diabruras. E o marido fora uma criança grande, antes da doença, a brincar com os rebentos... Porém agora caíra sobre eles a disciplina do silêncio. Daquelas vagas recomendações a respeito de barulho, que solteirão não está acostumado com meninos, Joaquinzinho passara de repente a ordens peremptórias. Dona Carlota se sentia feliz quando os três mais velhos iam para a escola e ela podia, no quarto ou no terreiro, controlar os dois outros, com histórias à meia-voz ou brincadeiras discretíssimas. O protetor era preguiçoso, ou doente, ou preguiçoso e doente, e vivia quase sempre no quarto ou no escritório, em misteriosa ocupação. Aliás, ela não lhe imaginava nenhuma ocupação, senão a indolência de quem ganha dinheiro sem fazer coisa alguma. Joaquinzinho só se levantava depois das 8 horas esse repouso matutino era uma tragédia para a viúva, forçada a coibir a atividade das crianças justamente quando, depois de bem-dormidas, aqueles corpozinhos queridos mais pediam liberdade e alarido.

– Calem a boca! Fiquem quietos! berrava ele do quarto, com uma voz que assim nem parecia da sua pequena pessoa.

E ainda o parecia menos porque, singularidade de tímido e solitário, era incapaz de levantar a voz na presença de dona Carlota. Isso, apesar de tudo, a fazia sorrir. Mas, através das paredes e das portas fechadas, que voz e que caráter! Somente às vezes, frente a frente, uma observação suavizada a propósito do seu desacostume com criança, do seu amor ao silêncio, quase sempre suasoriamente:

— Tenha paciência, prima. Estou muito velho para mudar de sistema. Mão neles!

Era isto mesmo: sistemático... Ela não podia nem devia se revoltar contra o benfeitor, tão esquisitamente bondoso, insusceptível de modificação depois de ter vivido tantos anos só, tão coitadamente sozinho.

— Que é que ele faz no quarto? perguntou um dia à preta, cedendo por acaso à feminina curiosidade.

— Sei lá, respondeu Isméria de má vontade. Quando não está doente, fica lendo uns livros, uns jornais, escrevendo nuns papéis.

— Ele é doente?

— Sei lá! — e a criada fechou assim rispidamente o diálogo.

Dona Carlota, que raramente lhe dirigia perguntas, olhou-a com um desprezo frio e discreto; mas intimamente, reagindo à altura, foi às últimas deduções. Sim, havia algo de misterioso, de comprometedor, nas relações entre o parente e aquela africana mandona, a quem Joaquinzinho chamara de criada velha, mas que nem velha mesmo era... Que fosse negra, isso não tinha importância, pois sabia que muitos homens até gostavam da cor. O parente não parecia ter amante por fora, onde, aliás, se demorava pouco. E, ali dentro, aquela mulher pondo e dispondo, a começar pelo tratamento que dava a ele, de Joaquim, sem qualquer senhoria... Por duas ou três noites, apesar de dormir sempre cansada da lida com as crianças — da luta para mantê-las sossegadas, — cuidara ouvir no corredor passos rebolantes que saíam dos aposentos de Joaquinzinho para o quarto que dava para a cozinha. Porém só conseguia despertar mesmo, depois que os passos já teriam passado e havia apenas, aqui e ali, inconfundível, o deslizar das baratas e dos ratos.

De uma feita chegara a abrir a sua porta para o corredor e sondar inutilmente a sombra noturna — nem luz,

nem movimentos; – e cuidara sentir no ar abafado, sempre na dúvida, uns longes de bodum misturado com cheiro de malva, que a africana tomava banhos em infusão de malva, planta de que possuía um canteiro muito tratado ao lado da porta da sua cozinha... Isméria, cada vez mais importante, abusando da sua passividade, agora até já procurava mandar nos seus filhos, repetindo a ordem do solteirão para que ficassem quietos, para que calassem a boca!
Era esse o máximo problema da sua vida, a que se associara a preta... Fora do canteiro de malva, todo o quintal estava abandonado, um matagal propício, onde os filhos podiam brincar de far-west e de índios. Mas apenas quando Joaquinzinho não estava em casa. Os aposentos dele tinham janelas para os fundos, naturalmente pelo cuidado de ficar longe dos ruídos incontroláveis da rua. Quando os coitadinhos começavam a disparar tiros com a boca, gritando – Câmône, bói! (ela não sabia o que era aquilo, mas lá no seu bairro os moleques explicavam que era das fitas do far-west, na hora em que o *artista* fazia o bandido levantar mãos ao alto...), nessa hora vinha lá de dentro a voz do dono da casa:
– Bico, meninos! Caluda, meninos!
Aquela voz de estatura elevada... E Isméria na cozinha:
– Bico, meninos! Caluda, meninos!
O que dava maior trabalho era o mais pequeno, que nascera doentinho e a quem a doença do marido nunca permitira que ela lhe dedicasse todos os cuidados de criação. Constantemente irritado, chorava muito, e dona Carlota o ninava, o ninava com desespero e angústia, até que reboasse a ordem vinda do quarto, ou que ela fugisse com ele para o fundo do quintal. Como o petiz já tivesse 2 anos, não hesitou em lhe infundir receio, quase pavor, ao

eco misterioso comandando silêncio, tanto mais misterioso quanto, na presença deles, o primo usava apenas aquele tom discreto e cansado, de solitário pouco afeito a falar. Com os maiores, se ainda teimavam em molecar dentro da casa ou nos fundos, ela lhes dizia possessa:

– Vocês vão ver quando ele sair... A coça!

Porém quando ele saía, sempre depois do almoço, já se tinha esquecido do castigo prometido. Havia um argumento supremo, que usava para o primogênito e a menina, de 10 e 8 anos:

– Meu Deus, que é que custa ficar quieto? Sem ele, que seria de nós? Que é que há-de ser de nós, se nos mandar embora?

Ela mesma não gostava de falar assim, e raramente o fazia. Os argumentos, as ordens, as ameaças concorriam para que todo o bando não tolerasse a presença do protetor, o que a contrariava sem o poder remediar. Demonstração de que aquilo não era maldade estava no sorriso desajeitado que Joaquinzinho dirigia aos seus pequenos hóspedes quando os via reunidos. Mas os ingratos iam saindo abertamente, se ele parava um momento a trocar algumas palavras com a mãe. Ficara combinado, na organização caseira, que dona Carlota lhes servisse as refeições antes, e depois se sentasse à mesa com o hospedeiro, servidos pela preta. Entre os dois, eram refeições mais ou menos silenciosas, e nesses momentos instalava-se livremente o far-west no quintal, sem que o solteirão protestasse. Mesmo porque, só se ela desistisse de lhe fazer companhia. Durante um jantar, Joaquinzinho lhe dissera de súbito:

– Compreende, prima? Sei que menino precisa de agitação. Me desacostumei de meninos, mas também já fui menino. Mas é que...

E não disse mais nada, coitado! O primo talvez sofresse com a atitude dos priminhos, com aquele receio que não escondiam, à sua presença, tão bom coração! Devia sofrer, pois que certo dia o mais pequeno começou a berrar na sala lancinantemente; ela viera correndo do quarto, para presenciar o protetor a querer abraçá-lo, e o menino a espernear assustadíssimo.

– O menino assustou à toa, disse desapontado, sem olhar para ela.

– Sim, assustou à toa, repetiu dona Carlota, com aquele jeito vazio de eco que lhe acontecia a uma comoção, a uma perturbação do espírito.

O caçula tinha apelido de Quinzinho. Era o que tinha o nome do pai – e do primo, coitado! Livre dos seus braços, a criança mergulhou soluçando, pálida e trêmula, no colo materno. Que piedade daquele homem que talvez pela primeira vez tentara tomar uma criança nos seus braços.

– Sim, prima, lançou ele percebendo nitidamente isso. Eles têm medo de mim e talvez com razão. Compreende? Sou um aposentado mas não um inútil. Aproveito o lazer para uns estudos históricos que talvez publique um dia, se tiver vida para isso. Infelizmente preciso de silêncio, senão tudo se baralha na cabeça. Infelizmente, compreende? O passado é confuso e mentiroso. Como se poderá descobrir a verdade, quando até os livros e os documentos se contradizem, com os seu filhos gritando ou chorando?

– Seu Joaquim, eu sei que não é por mal, ciciou ela mais confusa do que o passado. Esses meninos é que são uns ingratos.

– Outro engano. São apenas meninos, protestou Joaquinzinho ofegando discretamente, como se o comovesse aquela demonstração de bondade e gratidão.

Dona Carlota já se sentia muito só, naquela morada verdadeiramente ilhada no meio da cidade, no meio do mundo. Lá no seu bairro pobre, eram constantes as visitas, as conversas de janela para janela, o comércio de alegrias e tristezas. Mas esperou, por muitos meses, que fosse visitada pela vizinhança, como nova moradora. Como ninguém aparecesse, resolveu ela mesma procurar os vizinhos, quase todos funcionários públicos de família numerosa, gente boa, acolhedora. Não pagaram as visitas. Continuou a frequentá-las, atribuindo essa desatenção ao respeito distante que o ermitão devia provocar também nas criaturas grandes. E tinha que ser assim, porque encontrara no contacto com as outras donas de casa a solução parcial para o problema dos rebentos: levava-os consigo e só tinha pressa de voltar à casa quando sabia que o primo não estava lá.

— Prima, disse um dia Joaquinzinho, no jantar, de súbito. Sabe? Napoleão, César, Ciro, Péricles, Aníbal, o Kaiser, Fernão de Magalhães, Buda, Confúcio, São Francisco de Assis, Spinoza, sabe? E também muitos outros?

E parou ofegando discretamente, enquanto dona Carlota era toda ouvidos e olhos, diante daquela série de nomes estranhos que vinham de envolta com São Francisco de Assis.

— São Francisco de Assis, sim, disse ela, para responder alguma coisa. Tem me valido muito, seu Joaquim. Tenho uma imagem dele no quarto, que Joaquim me deu de presente, quando fiz 30 anos...

— Mas não é propriamente isso, Carlota. Meus estudos históricos! Todos foram homens de baixa estatura, muito abaixo da normal. E dominaram, a terra ou o céu, mas DOMINARAM!

E o solteirão levantou o punho sobre a mesa, e desceu o punho sobre a mesa num murro tremendo, depois de gritar aquele *dominaram*. Dona Carlota não teve tempo de se assustar com o gesto, pois percebeu que aquele esforço fora demasiado e que o primo se encostava na cadeira, em delíquio, lívido e ofegante. Assustou-se, antes, com aquele marasmo súbito e ia gritar Isméria, quando, dominando-se, o comensal recobrou rapidamente o domínio do assunto.

— Não acha, prima? disse com naturalidade, como se nada tivesse acontecido e como se terminasse uma longa exposição do tema. Tenho estudado muito os dados históricos, até documentos. Sabe que Tiradentes também não era alto?

— Acho, primo, que devia ir num médico. Acho que está estudando demais, retrucou ela timidamente, olhando para as suas mãos trêmulas que agora lhe pareciam um pouco inchadas.

— Que vale a vida, sem arrojo, sem heroísmo, sem perigo?

— Pode não valer nada, seu Joaquim, mas a gente tem obrigação de viver. Deus é que quer!

— Ah! também o seu Jesus Cristo era de pequena estatura, um homem baixo, sabe?

— Não parece, reagiu dona Carlota, sempre timidamente.

— Essas estampas, essas imagens que vê, são mentirosas. Há apenas um ícone de meio corpo, encontrado nas catacumbas, que dizem legítimo. Aqui, a tradição é valiosa: o pequeno profeta da Galileia aparece sempre menor do que os apóstolos, os soldados romanos, a turba. Depois, sabe? Não *podia* ser um homem alto.

Ergueu o punho, mas não o desceu de novo violentamente. E atalhou suasório:

— Para a sua Fé, pode não ser assim. Será que estou-lhe amolando, prima?

— Que ideia, seu Joaquim!

O ermitão sorriu agradecido:

– O homem pré-histórico, Carlota, ao contrário do que os ignaros supõem, não era um gigante, mas um pigmeu. Seria, segundo a crença, aquele homem legítimo que Deus fabricou à sua imagem e semelhança, para o pecado original, para ganhar o pão com o suor do seu rosto. A humanidade tem crescido em estatura individual, mas o gigantismo é um sinal de decadência. Os homens cíclicos continuam pequenos. Será a vontade de Deus, sabe? Porque também creio que haja um Deus, um princípio eterno, que está no limite entre o que se sabe – como funciona o corpo humano, por exemplo, – e o que não se pode saber – por que funciona o corpo, compreende?

– Porque Deus quer.

– Justamente! Mas não é isso que estou estudando, Carlota: é a estatura dos grandes homens, dos dominadores. Mas não acredite que seja por vaidade, não! Porque há homens pequenos que não valem nada, compreende?

E o primo riu de bom grado, gostosamente, como a viúva jamais o vira rir.

Assim viveram mais ou menos, por mais de dois anos. Dona Carlota engordara naquela tranquilidade financeira, embora sempre atenta em coibir a agitação dos filhos. Atingira-se um *modus vivendi*, pouco a pouco. Todos já se haviam acostumado a falar em voz baixa, como na igreja, dentro de casa, quando o benfeitor estava no quarto ou no escritório. Havia ainda o interregno da frequência à escola, as visitas e a rua. Ela sabia de muitos casos de atropelamentos, mas entregava os meninos à proteção de Deus e lhes permitia ir brincar com os outros na rua, nas esquinas. Que é que podia fazer? Joaquinzinho exigia silêncio para as suas pesquisas que deviam estar bem adiantadas, a sua coleção de dominadores de baixa estatura.

– Kant também, Carlota! Emanuel Kant também! – exclamara certa vez na hora do jantar, sempre trêmulo e um pouco ofegante, sempre mais trêmulo e ofegante, como ameaçado de um delíquio, a cada revelação que fazia à prima, a única ouvinte possível, a não ser que tivesse companheiros de rua para conversar sobre os seus estudos. Kant, um homem de estatura abaixo da mediana!

– Sim, seu Joaquim. Mas não seria melhor tratar da saúde, consultar?

– Que vale a vida sem arrojo, sem heroísmo, sem perigo?

– Pode não valer, mas...

E parava nessa reticência, sempre tímida e irresoluta diante do tom peremptório que o primo adquiria nessas horas. Aliás, invariavelmente tímida ante ele, sempre o tratando de seu Joaquim, com o que o ermitão se acostumara logo. Impossibilidade de uma aproximação dos espíritos, barreira que nenhum dos dois sabia vencer, talvez por causa dos meninos que se interpunham e a quem era preciso transmitir constantemente um certo receio de castigo, uma noção errada sobre aquele homem que devia guardar no fundo ternuras nunca jamais utilizadas, – dona Carlota o sentia com dó, quase às vezes com lágrimas...

Muitas outras revelações históricas vieram, durante as refeições. Nomes complicados, que a viúva seria incapaz de guardar na memória. Que lhe importavam? O tempo ia passando, havia tranquilidade, e muito mais importante era cuidar dos meninos, sobretudo ter mão neles, para impedir qualquer súbita algazarra num momento de distração e evitar a voz que vinha do quarto, misteriosamente, como se viesse diretamente do passado:

– Caluda, meninos!

Porque, a despeito de todo o seu cuidado, lá de vez em quando a necessidade vital de agitação vencia a disciplina do silêncio. E que irritação ganhava a viúva quando Isméria repetia na cozinha:

– Caluda, meninos!

Não conseguira desfazer nem confirmar as suas cismas a respeito das relações entre a preta e o parente. Por outro lado, entre ambas não havia variado o *status quo*. Na realidade tinha-se dado apenas, modificação da natureza, o crescimento dos seus filhos.

Certa manhã inesquecível, desde as 6 horas, como sempre, os meninos estavam despertos para as aulas, os dois filhos e as duas filhas; e ainda o menor. Como sempre, a mãe foi à cozinha quentar o leite e fazer o café, pois Isméria só se movia do quarto depois das 8, ao aproximar-se a hora do seu patrão se levantar. Com a mansidão de movimentos a que se acostumara, pôs a toalha e arrumou as xícaras na mesa. Depois, chamou os meninos, que vieram devagar, silenciosamente, e se sentaram. Tudo aquilo se fazia todo dia, mas nunca ela esqueceria aquele dia. Foi quando o camundongo saltou de dentro da cesta de pães e fugiu pela toalha, entre as duas filas de xícaras. Um susto de movimentos e gritinhos comedidos.

– Ssiu! ordenou a mãe com um olhar de fúria, com os ouvidos para os aposentos, os olhos para os aposentos, como a aumentarem a função dos ouvidos.

E os cinco estenderam também o ouvido e a vista para o corredor. Mas de lá não veio nenhum grito de protesto ou de comando. Dona Carlota deu um suspiro de alívio. Uma troca de sorrisos de cumplicidade, de conivência vitoriosa, entre todos. Dera-se, entretanto, como em outras oportunidades, um choque inicial contra a disciplina – e agora sem a mínima consequência... Ameaça de rutura de uma válvula fechando a quíntupla necessidade de começar com infância cada dia de vida. Mesmo àquela hora, era tão inusitada a ausência da voz dominadora das vozes! Qualquer coisa como a alegria que transmite ao prisioneiro a possibilidade de liberdade, revelada por uma circunstância indubitavelmente constatada. Necessidade de rir! Dona Carlota observava a turminha com inquietude, aqueles sorrisos que persistiam, que aumentaram, que aqui e ali já se transformavam num frouxo de riso contagioso.

— Sssiu! Jacinto, você apanha! murmurou ela irritadamente. Natal, olha um beliscão... Quinzinho!

Mas a sua voz, com toda a força que dera à advertência murmurada, não pôde evitar o irremediável. Repentinamente explodiram as gargalhadas das cinco bocas, as gargalhadas que já brilhavam nos dez olhos incendidos pela alegria de viver... Para cessarem com o mesmo repente, cortadas cerce por um súbito receio. Novo sexteto de ouvidos e vistas distendidos para os aposentos. Dona Carlota estava furiosa:

— Agora mesmo eu tiro as xícaras e vocês vão em jejum!

As bocas bebiam, mastigavam, urgentemente, como se a todos acudisse a necessidade de ganhar a rua para rir no espaço livre e claro, ao ar e à luz. Porém todas as atenções continuavam voltadas para a direção de onde costumava vir, de onde vinha sempre, a voz de comando... E de lá, naquela manhã, nada vinha, e com o nada, através do nada, a inédita permissão para que rissem de novo... Parecia impossível que nada viesse! A mãe os observa outra vez com inquietude, sentindo que percebiam essa permissão desusada, pois que ela própria a percebia como um sinal insensato, absurdo mas real, de libertação. Um frouxo de riso partiu de Quinzinho e se propagou incoercível. A nova risada geral espocou. Dona Carlota não resistiu à permissão ou ao que quer que fosse e riu também, riu muito de vê-lo rir livremente assim dentro de casa, aquelas carinhas frescas da noite bem-dormida, tão sadios todos, até o menor que estava são de todas as doenças e ria mais do que os outros, graças a...

A esse pensamento o seu riso de encanto materno foi cortado cerce. A contração dos músculos do rosto, que lhe servia para a risada, facilitou o surto subitâneo do pranto no mesmo rosto. Os meninos, porém, diante da conivência materna que os libertara de qualquer peia e que se revelava agora num contraste inconcebível, receberam apenas a carga humorística excessiva que brotava da profunda mudança de atitudes da viúva. E riram ainda mais. E gargalharam com plena satisfação infantil. E só cessaram de rir quando ouviram a mãe dizer desamparadamente:

– Meu Deus, agora que é que vai ser de nós sem ele?

Joaquim Pantaleão de Carvalho foi enterrado na tarde do mesmo dia.

CARACOL

Quando eu tossia, o chefe me olhava de soslaio. Eu era tão forte e rosado, uma aparência de saúde, mais aparência do que realidade. E a minha saúde parecia fazer inveja ao novo chefe, indivíduo magro e murcho. Era o que eu percebia com a persistência do seu olhar de soslaio. Sim, porque se fosse uma tosse qualquer, de um sujeito qualquer, seu Macrínio não lhe daria qualquer importância. Mas aquelas olhadas de través significavam, de sua parte, a verificação satisfeita de que o atleta da seção tossia, espirrava, também tinha seus males físicos...

Macrínio, cujo nome fora objeto de um deboche subterrâneo e prolongado dos meus colegas, entrara para a chefia preterindo funcionários mais antigos, removido de uma cidade do interior. Seco e amarelo: motivos de saúde, necessidade do clima. Alguns dos preteridos se rebelavam às escondidas contra os motivos de saúde, em nome dos quais se praticava uma injustiça para com os que ali estavam marcando passo há tanto tempo! Eu não dizia nada. Para quê. Talvez de todos fosse o que teria, ou teria tido, ou haveria de ter tido mais direito a chefiar a seção. Perdi a promoção, mas fiquei quieto. Recebi o sr. Macrínio com um prolongado abraço. Me agradeceu com um sorriso tênue. Homem pequeno e discreto, de olhos amendoados, uma cara de malaio, uma brandura chinesa.

Aconteceu que logo no segundo dia apanhei uma gripe e comecei a tossir. O novo chefe, do seu *bureau* em frente de todos os outros, a cada tossida me olhava de soslaio. Com uma certeza que só se pode adquirir depois de viver durante longos anos longas horas diárias de observação do *homo burocraticus*, concluí que aquela curiosidade dissimulava uma inveja discreta pelo meu físico, pela minha aparência. E confesso que a tosse passou a me proporcionar um certo prazer. Tossi muito.

Porém o que me deu prazer não foi a constatação daquela inveja; mesmo porque o fenômeno da tosse só podia desmerecer-me aos olhos dele e compensar aquele seu sentimento de inferioridade. Aprazia-me, isto sim, despertar a atenção do novo chefe de um modo todo particular, como quem mostra adredemente um remendo no fundo das calças, compreenderam? Que ninguém sinta náuseas por um sujeito que não é menor nem pior do que os outros na prática da vida. O remendo nas calças é quase uma imagem literária: em todas as camadas sociais muita gente sabe mostrar oportunamente os seus remendos, isto é, a sua fraqueza, para atrair o interesse dos mais altos.

Seu Macrínio, como passou logo a ser chamado, me disse com singeleza que ainda não estava a par de certas peculiaridades dos serviços. O mesmo que dizer que desejava que eu lhas explicasse. Resultado da tosse. Passei o dia minudenciando, em face dos seus óculos atentos, a marcha dos papéis, desde os papagaios até os mais importantes processados, desde o PP (por protocolar), o PT (por transuntar), o IS (informação da seção), o PC (parecer do chefe), o PD (parecer do diretor), até o DD, isto é, a solução final do caso.

Está claro que a marcha usual dos serviços de uma repartição não lhe era estranha: o que lhe faltava era o conhecimento das iniciais com que, nas capas dos processados e nos livros próprios, a progressão dos papéis era anotada, e pelas quais cada funcionário podia com economia de tempo e palavras informar o *momento* em que estaria cada caso. Sim, o momento! Seu Macrínio repetia a observação, apreendendo a simplificação dos trabalhos. Ensinei-lhe ainda outras muitas iniciais abrangendo certos assuntos comuns e mesmo questões contenciosas, bem como certas informações, pareceres e despachos costumeiros, indicando-os precisamente com simples letras! Ou melhor, combinações interessantes de letras que, depois de sabidas e compreendidas, emprestam aos serviços o máximo de eficiência.

Não quis revelar, e para que, o que me tocava pessoalmente: – que tais combinações tinham sido propostas por mim e aceitas pelos meus superiores. Ele acabou elogiando tudo, sem efusão, como de seu feitio. E quando a campainha da portaria anunciou o fim do expediente, me despedi contente comigo e com ele. A verdade é que o novo chefe arribara prestigiado por amizades e parentescos altos (sem isso, adeus motivos de saúde), e era necessário manter a minha posição de segunda pessoa da SCCD (Seção Central de Controle e Distribuição), e chefe do expediente extraordinário noturno.

– Que tal o novo chefe? reperguntou minha mulher, em casa, com um semblante disposto a receber más notícias, ainda amargurada pela minha preterição que lhe desfizera os sonhos de melhorar a administração do lar.

– Hoje é que pude ter uma impressão dele. Bom sujeito. Camarada.

– Se fosse bom, não aproveitava a situação pra prejudicar os outros...

– Mas, filha! exclamei encantado com aquele modo feminino de entender a vida. Você queria que ele fosse santo, capaz de se sacrificar pelos outros? A vida é um páreo, uma competição de interesses... Se me quisessem dar a chefia, mesmo que não tivesse direito a ela, eu deixaria de aceitar?

Rosalina sorriu:

— Impliquei com aquele sujeitinho. Macrínio! Isso é nome?...

Me vali do seu sorriso para anunciar de repente:

— Resolvi não trabalhar hoje no extraordinário.

Ela sorriu de novo, quase riu, num júbilo repentino. E concluí:

— Não trabalho, e se visita seu Macrínio e família. Mesmo a pé. Não é longe: rua do Serro.

Mas a coitada já não sorria. Me fitava com uma apatia gelada, desconcertante.

— Péricles, você não sabe que hoje é dia 25 de março?

Entreparei aturdido por aquele meu esquecimento imperdoável. Procurei aproximar-me dela, abraçá-la.

— Rosalina...

— Ingratidão! e me repeliu com energia.

Humildemente lhe confessei aquilo que na verdade só então eu próprio desvendava dentro de mim. Macrínio, isto é, a invenção daquele homúnculo antepondo-se inesperadamente à minha esperada promoção, ainda me corroía o espírito, me tornava irritado e distraído, apesar de toda a aplicação de minha vontade em disfarçar o mal secreto. Ao chegar em casa havia dado umas palmadas no caçula, tão pequeno! Só porque estava brincando no soalho da sala, encerado de fresco. Mas não fora pelo trabalho de Rosalina que se extenuava em passar o escovão sobre a cera... Palmadas no seu Macrínio! Pai cruel, desnaturado... Irritado, distraído, imbecilizado pelos reveses... Fraco, isto sim! fraquíssimo, que os fortes ainda mais se fortalecem com a desgraça e sabem reagir... Terminei chorando. Terminamos abraçados chorando, sentados na pequena sala encerada para o dia, onde uma grande tranquilidade veio entrando com a tardinha. Os meninos no quintal jogando futebol, gritos, discussões, indiferença infantil. Comecei a desejar que todos estivessem ali em redor de nós, até o segundo que morrera com um ano de idade! para presenciarem aquele abraço de quinze anos de casados...

— Daqui a dez, bodas de prata.
— Bobo... chorão! Daqui a dez anos você ainda estará mais esquecido. E quem sabe se já não estarei morta?

Rosalina me abraçou mais, com uma ternura maternal, me protegendo contra os males presentes e futuros, como se eu fosse uma criança, pois eu me fazia pequenino e rasteiro diante das forças contrárias do destino, e permaneceria assim naquele aconchego a tarde inteira, a vida inteira, se ela não se desvencilhasse brandamente dos meus braços:

— Tenho que cuidar do jantar. Mandei matar duas galinhas. Mamãe vem, com Dulce. Deixei as bebidas pra você resolver. Vai buscar... Duas garrafas de vinho, parece que chega. E duas de guaraná pros meninos... Pois seu padrinho não esqueceu não, viu? Mandou recado de que vem jantar, com dona Eufrásia. Acho melhor três garrafas de vinho, não?

Aproveitamos uma noite de domingo para visitar seu Macrínio e família. A última objeção feita por minha mulher, criatura bondosa! foi a respeito da doença do homem:

— Mas a gente chega lá, tem que tomar café nas xícaras dele...

Garanti-lhe que o novo chefe sofria era do fígado, embora eu mesmo não soubesse ainda que doença teria. Rosalina acomodou os meninos, deixando Dulcinha, a mais velha, ainda de pé. Na esquina da nossa rua, a cozinheira estava conversando com o namorado, um mulato de paletó, culote e polainas, meio civil, meio militar.

– Manuela, de vez em quando você vai lá em casa, vê se os meninos estão quietos.

Rosalina devia estar convencida, como eu, de que a mulata não se desagarraria da esquina; mas a formalidade daquele pedido tranquilizava a mãe de família para sair à noite. Aliás, Dulcinha ficava fazendo as vezes dela.

Seu Macrínio tinha alugado uma casa do primeiro estilo belorizontino, de platibanda, quatro janelas no alinhamento da rua, alpendre ao lado com paisagens nas paredes, muitos cômodos, onde se alojara com móveis novos, mulher e quatro filhas velhas. Dois filhos varões haviam ficado "lá na cidade", já colocados e casados. Quatro outros rebentos, dois homens e duas mulheres, tinham também ficado por lá mas enterrados no cemitério. Morre-se muito na família dele, pensei, enquanto esclarecia, do nosso lado, que possuíamos seis filhos, além do que morrera com um ano.

– Por que não trouxeram os meninos? indagou amável a dona da casa, à Rosalina.

– Pra quê! Só eu é que suporto eles. Viemos mais tarde pra eu deixar todos acomodados.

– Sozinhos?

– Não: com a empregada. Também, a filha mais velha já tem 11 anos e toma conta dos irmãos.

– Coitadinha!

– São todos relativamente pequenos, informei para Macrínio. Há um rapazinho de 14 anos, mas está fora, interno num colégio agrícola.

O homem entusiasmou-se:

– Colégio agrícola, muito bem! Ainda continuo a teimar que o nosso futuro está na agricultura.

Tive desejo de lhe perguntar por que então não permanecera em sua terra plantando batatas. Respondi-lhe com uma aprovação calorosa e me pus a calcular quantos anos ele teria, pela aparência da mulher, velhinha rechonchuda, compensando conjugalmente a magreza do esposo, e pelo aspecto das filhas já passadas. Talvez uns 50, uns 60 anos. Nenhuma indicação positiva de idade naquele ser, naquela cara de malaio, no cabelo grosso, rente e preto. Enquanto as mulheres atacavam o problema das empregadas domésticas, o chefe adquiria um certo calor para discorrer sobre o seu amor às plantas, do que resultou sairmos para o alpendre, onde me mostrou as suas samambaias e orquídeas, que elogiei igualmente com calor.

– Gosta também? Trouxe tudo de minha terra, e deu trabalho e despesa; mas o prazer de ver, de tratar, até de tocar... Se gosta, vou-lhe dar a muda de uma trepadeira que trouxe e que só existe lá pelos meus lados. Se pegar, vai ver que beleza!

Quando nos despedimos, fui levando um pequeno balaio cheio de terra, terra da terra de seu Macrínio! de onde saía timidamente, humildemente, uma haste com duas folhas minúsculas: a muda da trepadeira. Plantinha simpática, assim insignificante e débil.

Seu Pietro era jardineiro e hortelão notável, a começar pela falta absoluta de banho, que o identificava com o húmus. E aquele grande amor profissional da terra! Curvava-se para ela, apanhava um bocado na cova da mão, esfarelava-o entre os dedos, dizia se era rica ou pobre, se carecia de adubos ou não. Pois foi seu Pietro quem me plantou a trepadeira, no terreno lateral da nossa casa, que não tinha jardim em frente, construída no alinhamento da rua. Mandei plantá-la debaixo da janela do nosso quarto, e logo no dia seguinte, considerações especiais para com a dádiva, porquanto nunca fui amante de plantas, ou melhor, do cultivo delas. Eu poderia ter explicado a Macrínio que uma oportunidade de matrícula gratuita é que me fizera enviar o filho para o colégio agrícola, onde se pode fazer o curso ginasial. Nasci e fui criado numa cidade onde ninguém plantava nada. Os roceiros vinham vender aos citadinos pequenos molhos de munhecas de samambaias colhidas no mato, para comer. Igualmente se comia guisado de mamão nativo, em vez do chuchu que sempre requer algum trato. E durante a seca expandia-se o gosto pelas queimadas ornamentais nos morros em redor da cidade, propositalmente à noite, para ficar mais bonito! Uma febre de destruição da vegetação sem água, estorricada e infeliz, febre que ganhava até a nós meninos. Colaborávamos na diversão geral indo atear fogo nos matos mais próximos, à tardinha, para depois gozarmos neroneamente o espetáculo cá das nossas janelas, enquanto o sono não chegasse. Mas as queimadas enormes e distantes ficavam a cargo dos homens. Meninos imitávamos os adultos sem a menor cautela, pois até os pastos eram nossas vítimas, vítimas desse mal nacional até hoje não extirpado (ver as queimadas de agosto e setembro em volta de Belo Horizonte, nas montanhas sem roças nem culturas, com labaredas do tamanho das de Castro Alves!), mal remanescente botocudo de desamor nômade à terra, de amor à pirotecnia primitiva do fogo desaçaimado... Tudo isso eu poderia ter dito e recordado, se confessasse ao novo chefe o meu desinteresse pelo reino vegetal. Aliás, seu tipo indicava complicações sub-raciais botocudas, sujeito cujas convicções de salvação do país pela agricultura o conduziam a exibir-nos samambaias, tinhorões, orquídeas, grã-finezas de um amor vegetal invertido...

Pelo contrário, seu Pietro era digno de admiração, carcamano descendente de seculares gerações de homens da gleba, com raízes no solo, amando-o, condimentando-o, explorando-o com carinho. E eu admirava como a um velho roble transplantado, vegetando na sujeira igualitária com as hortaliças e as flores de sua chácara, a uns quinhentos metros de nossa casa, e às vezes se desgalhando em porres homéricos! Não são divagações alheias à minha narração: o ato de plantar a mudinha débil, de introduzir na terra belorizontina o balaio contendo a terra trazida da cidade do chefe, de lhe adicionar um pouco de esterco, de regar pela primeira vez para que a água confundisse e irmanasse as duas terras, todos esses detalhes tiveram uma certa solenidade, foram acompanhados por mim com uma certa ternura. Nunca prestara tanta atenção a uma planta qualquer. E esperava que aquela já estivesse desenvolvida quando seu Macrínio e família viessem pagar a visita.

Com meus cuidados, regando-a duas vezes por dia, a trepadeira cresceu rapidamente parede acima. Como acontece com os sujeitos demasiadamente bairristas, o chefe estava iludido a respeito dela. Não era nada rara e costumava dar em toda parte, com suas folhas grossas de um verde carregado e quase cordiformes. Rosalina a conhecia e lhe sabia até o nome: caracol, ou caramujo. Verifiquei-lhe no dicionário o nome exato: *caracoleiro*, e em latim: *Phaseolus caracollata*. A denominação provinha da flor, de suas pétalas em espiral, segundo a explicação do léxico. Fiquei assim munido até da classificação latina da planta, e pronto a apresentá-la já desenvolvida, como uma surpresa, ao novo chefe. Porém quem veio pagar a visita foram a mulher e duas das filhas, mais velhas. Seu Macrínio mandou um recado atencioso: não gostava de sair à noite. Naturalmente, deduzi, não podia sair à noite.

– Olha a intrometida! exclamou Rosalina rindo.

Eu estava deitado, lendo um jornal antes de dormir. Ao ir fechar a janela, minha mulher teve aquela exclamação risonha que me despertou a curiosidade. Fui ver: a planta alcançara o parapeito, o que lhe era fácil na nossa casa de um só pavimento, e dois brotos tenros avançaram para dentro do quarto. Ri também, divertido com aquele intrometimento, aquele propósito de se enxerir na nossa vida íntima. As extremidades dos brotos saudavam-nos alegremente com uma reverência no ventinho noturno. Tive que fazê-los voltar para trás, colocá-los dependurados na parede externa, para poder fechar a vidraça.

– Amanhã trago um rolo de arame da rua, e faço uma espécie de rede em redor da janela, pra ela subir.

Meu costume era ficar de manhã na cama até perto da hora do almoço. Rosalina despachava cedinho os meninos para o grupo escolar e mandava os dois mais novos brincar no terreiro, a fim de que não me perturbassem o descanso. Naquela manhã, imagine! acordei preocupado com aquele caracol que tão interessantemente se ia incluindo na nossa existência. Me levantei logo e fui com os dois pirralhos comprar um rolo de arame, um maço de pregos.

Gastei a manhã armando os fios na parede, com o auxílio das crianças que me iam fornecendo o material de trabalho, enquanto eu pompeava no parapeito de martelo e alicate em punho. Como três crianças.

Sim, eu me sentia infantil, de tanto otimismo desbordante. Depois da decepção bem séria que fora o súbito aparecimento de Macrínio à última hora para barrar a minha promoção, adeus projetos de uma habitação maior, com quartos de sobra para distribuir os meninos! adeus rádio de dez válvulas para ouvir as notícias da guerra! adeus vestidos, chapéus, ternos novos, mesa nova, vida nova... como ia dizendo, depois daquela decepção o sentimento que tive é que o destino ia derrubar golpes sobre golpes em cima da minha pobre cabeça. Quando fui notando que não apareciam outras desgraças, que pelo menos tudo continuava como dantes, nasceu em mim uma impressão de alívio que foi aumentando até se transformar em verdadeiro bem-estar, com infantilidades de otimista, com tais gentilezas para com o caracoleiro. Aliás, nessas gentilezas já não havia qualquer consideração especial para com seu Macrínio, o qual, do seu lado, permanecia afável e discreto. A planta, por ela mesma, conquistara o homem feliz...

Depois que os ramos começaram a rodear a janela, mercê do entrançado de arame (mesmo assim alguns brotos procuravam penetrar na alcova e nós os desviávamos cuidadosamente para cima), surgiram as primeiras flores, interessantíssimas e perfumadas. Em botão tinham o aspecto de pequena concha violácea de caramujo. As pétalas iam-se desenvolvendo em espiral, ligadas umas às outras em caracol, primeiro azuis, para depois de um dia adquirirem também o branco e o rosa, as três cores desordenadamente em cada pétala. E cada flor discretamente odorífera, até cair do pé... São minúcias conhecidas como o próprio caracoleiro, mas que me deixavam, homem ignorante, curiosamente encantado.

Rosalina me acompanhava naquele interesse um pouco inexplicável por aquilo. Uma noite de domingo, em que fomos ao cinema e voltamos já tarde da noite, sozinhos, debaixo de um luar majestoso, calados por efeito do filme que tinha sido poderosamente sentimental, ao entrarmos no dormitório eis que a nossa amiga, ou o nosso amigo, nos acolhe com numerosas flores, até então limitadas a algumas como em fase de experiência e agora desabrochadas prodigamente, botões ainda à tarde, abertos pela magia do luar! Poesia, beleza, sentimentalismo, a vida sem contrariedade, um estado espiritual que hoje quase me espanta, o que lhes digo é que abracei a cara-metade como há quinze anos atrás. Ilusões retrospectivas de noivado, o perfume da flor como o perfume do luar, estivemos abraçados naquele puro encanto, muito quietos olhando a amplidão distantemente pura. Balançavam no vento das noites todas aquelas flores novas, e folhas, e brotos. Penetrava-nos o mistério daquele palpitar de vida que não para, o mistério da vida vegetal que sentíamos criar tão pertinho dos nossos corpos novas pétalas encaracoladas, tão perto das nossas almas, afinal o mesmo mistério com que parecia nascerem a cada momento novas estrelas no céu docemente claro. A palpitação conjugada, inseparável, de astros e seres, grandes e pequenas vidas, tudo abençoado por Deus numa ascensão universal... E não – como sinto agora e quase sempre – todo o universo se precipitando numa velocidade quase infinita para o fundo impossível do infinito, se precipitando em conjunto assim à toa para o impossível...

Rosalina estremeceu ou palpitou também naquele mistério e vi que ela chorava inexplicavelmente. Não tão inexplicavelmente, pois ao meu ar interrogativo suas palavras foram perfeitamente lógicas para mim, as palavras que eu podia esperar dela, embora procurando se desculpar:

– Bobagem minha... Me lembrei de Nelsino. Coitadinho, como a gente esquece!

Era o nosso segundo filho, tão débil e indefeso, que a terra não tivera nenhum trabalho em transformar em pó e em esquecimento... Protegi-a com os meus braços contra aquele remorso do olvido, e chorei também, um pouco, procurando não chorar:

– É a vida. A gente não esquece. As novas preocupações são camadas por cima, porém Nelsino está para sempre guardado no nosso íntimo. E tem o consolo dos outros filhos. A gente continua a viver e tem que fazer tudo por eles... Afinal de contas é preciso pelejar para fazer eles viverem bem. Senão, vem o remorso de os fazer nascer...

E foi naquela noite, tenho certeza, e naquele estado desencontrado de espírito, que foi concebido o nosso sétimo filho, aquele que veio a nascer meio doentinho mas que sobreviveu às doenças até hoje, e em quem repetimos o nome de Nelsino.

Entretanto, amanheci com uma nuvem na alma e saí da cama cedo. Rosalina já estava lá para dentro ocupada com os meninos. Comecei a apanhar todas as flores do caracoleiro, pretendendo escapar com elas de casa sem que minha mulher o percebesse. O meu caçula de então, Horacinho, entrou no quarto e saiu gritando como se me tivesse colhido numa grave falta:

– Papai está apanhando todas as flores, mamãe!

Tive que explicar à mulher o meu destino naquela manhã. Por meias palavras, para que os outros filhos não o percebessem, ou porque a inesperada resolução não lhes infundisse a desconfiança do criminoso olvido. Ela abanou a cabeça sem dizer nada, como se qualquer palavra fosse um esforço além de sua resistência, depois da palidez da surpresa com a súbita não presença de um filho tão pequeno e tão distante, vácuo súbito entre tantos outros filhos de que a coitada tinha de cuidar a todo instante...

– Já que você ficou sabendo, vamos juntos, disse-lhe.

– Sim, eu quero ir, Péricles. Mas não pode ser noutra hora?

– Não: há-de ser agora. Me levantei para isso.

– E os meninos? O almoço?

– Depois que eles saírem pra escola. Vamos de automóvel e num momento voltamos. Os menores ficam distraídos no terreiro. É um instante.
– E a despesa, Péricles?
– Que é que vale uma despesinha de automóvel numa hora dessas? perguntei com certa afetação. Você já esqueceu que não nos importamos com as despesas do enterro de primeira classe com muitas flores?
O bom-senso da minha excelente Rosalina! Fomos de automóvel. Confesso-lhes que consegui identificar a quadra, apenas a quadra onde Nelsino estava enterrado. A companhia dela me salvou da angústia de procurar em vão a insignificante sepultura. Ela já estivera ali muito mais vezes do que eu, mas ultimamente, isto é, há anos, ali não íamos nem no Dia de Finados! Nelsino tão pequeno, sem deixar marca no mundo, nem nas almas de seus pais... O carneiro era o mesmo, mas caiado de pouco tempo, e sobre ele espalhei as flores, que trouxera na mão firme e resoluta, como uma fortuna. Rosalina ajoelhada rezava. Me lembrei de que lá dentro já não seria a mesma terra de Nelsino, pois era certo que outros corpos insignificantes, depois de alguns anos, tinham contribuído para modificá-la, do mesmo modo que outros pais tinham mandado fazer a caiação recente, ainda não tão esquecidos como nós. Isso, no entanto, aumentou em mim, se podia aumentar, a dedicação àquele ato, pequeninos mortos desconhecidos, todos os pequeninos das outras sepulturas, dos cemitérios do mundo inteiro, felizes e esquecidos, anjos que fugiram ao nosso esforço insensato de os forçar a viver uma vida terrena que não vale nada de nada... Expliquei baixinho a Rosalina que ia mandar plantar uns pés de flor naquela terra: traria uma muda da trepadeira.

— Por que daquela trepadeira, Péricles?

Me afastei sem responder, na direção do homem grisalho que eu via cuidar das flores de uma sepultura longe. Sim, me disse ele, – plantaria as flores, dar-lhes-ia cuidados diários, mediante cinco mil-réis mensais. Barato, não? Baratíssimo, concordei com a cabeça e com um sorriso que eu mesmo estava sentindo alvar e estúpido.

— Será uma trepadeira.

— Trepadeira? perguntou espantado.

— Sim. Os ramos se espalharão sobre a terra da sepultura. Depois, numa noite antes do fim do mundo, bem pode ser que os ramos subam... e até no céu!

O homem me olhou mais espantado ainda. E sorri de novo, covardemente, com aquele sorriso de conivência irônica, com que se faz entender a outrem que uma terceira pessoa está perturbada da mente. Ele sorriu abertamente: sujeito engraçado! Prometi lhe trazer a muda no dia seguinte. E voltei para Rosalina, perturbado, até meio cambaleante, se bem me recordo.

— Parece até que você bebeu, Péricles, observou o seu bom-senso. Trepadeira!

Voltando para o nosso bairro, como para a realidade, esfazia-se o resto das sombras daquela noite esquisita e eu sentia, ainda obscuramente, que tudo seria inútil e que o esquecimento dominaria de novo, como um relaxamento, uma preguiça. Passaram-se os dias e não levei a muda ao cemitério. Dias tranquilos.

Cerca de um mês depois, quando menos podia esperar, seu Macrínio me chamou à sua mesa:

— Seu Péricles, resolvi chefiar também o serviço extraordinário.

— Mas...

O meu impulso era retrucar:

— Mas, seu Macrínio, o sr. não é um homem doente que não pode sair de noite?

Fiquei naquele *mas*, sem conseguir falar mais nada e nem mesmo disfarçar a surpresa desagradável, dolorosa mesmo, com que recebia a notícia. Concluiu sem me olhar:

— Vejo que o serviço diurno não é muito para mim, que sempre trabalhei muito. Posso chefiar também o extraordinário.

— Pois não, seu Macrínio. Estou ciente. Obrigado.

Seco. Tornei à minha mesa, mas não pude ficar ali por muito tempo. Os colegas tinham percebido a minha contrariedade, pela qual lhes era possível estabelecer com toda a certeza, naquele ambiente de observação mútua, que eu tinha deixado de ser o chefe da noite. Me parecia que todos já sabiam daquela reviravolta na minha fortuna. Fui para casa. Rosalina, coitada, se associou à minha contrariedade pelo décuplo. Decuplicou-a e se derramou em invectivas contra o malaio intruso, invectivas meio choronas. Todavia, as mulheres se consolam depressa:

— Você perde a gratificação de chefe da noite, mas pode continuar no extraordinário.

— Eu?!

— Sim, você. Que cara é essa?

— Então eu vou trabalhar como subalterno num serviço em que há mais de três anos venho servindo como chefe?! Isso é mesmo ideia de mulher!

— Pois faça o que você quiser. Só quero saber no começo do mês...

Mantive a minha palavra. Seu Macrínio começara a ter para mim uma atitude reservada e distante, durante o dia, muito mais do que seu feitio frio. À noitinha, eu jantava e ia para a rua vagabundar até meia-noite, sem voltar à repartição. Sincera e ocultamente, esperava que o chefe me chamasse para dizer que eu era imprescindível ao extraordinário. No sábado, seu Macrínio me fez um sinal de que me aproximasse:

— Mandei tirar seu nome da folha do serviço noturno. Falhou todos esses dias, sem qualquer explicação...

— Estou ciente. Obrigado.

Mas de pirraça permaneci na minha mesa até o fim do expediente.

Deviam ser 3 horas da madrugada quando entrei no quarto. E a visão de Rosalina deitada ainda vestida sobre as cobertas, dormindo de cansaço depois de ter me esperado bastante, infundiu-me remorsos, a consciência de minha baixeza masculina. Ela adormecera mesmo de cansaço, deixando até a janela aberta, a luz acesa. E eu estivera o dia todo pelos botecos, com um colega que se intitulava a si mesmo pau-d'água sabatino, pois bebia arrasadoramente todos os sábados, e só nos sábados. Saíra com ele da repartição, sem sequer abanar a cabeça para seu Macrínio; paramos num bar e assim por diante, almoçando, jantando juntos, um caramadão para farra, conhecedor de numerosos lugares propícios, e sujeito decente, pois dividíamos irmãmente as despesas. Pode ser que o meu riso fosse um pouco crispado, mas rira muito, que o companheiro era engraçadíssimo, muito pornográfico depois de bêbado. O próprio seu Macrínio estivera longe do meu espírito. No entanto à entrada no quarto, a mulher deitada como um corpo sem vida, dizimada – a minha múltipla Rosalina! dizimada pela espera e pela preocupação, com as pálpebras na sombra das órbitas cavadas pelo abandono, noturnamente envelhecida, foi um apelo brutal à realidade, à dignidade, a Macrínio e ao resto. Andava na ponta dos pés, para não acordá-la. Ao fechar a janela vi que novos brotos do caracol se adiantavam sobre o parapeito para dentro do quarto, com as folhas minúsculas balançando numa saudação alegre de inocência. Naquele instante a maldade ganhou todo o meu ser. Eram quatro ou cinco brotos. Desci lentamente a guilhotina da vidraça e decepei-os lentamente... Tão devagar que pude escutar um som humilde mas característico, como de carne queimada, quando a madeira comprimiu e espremeu os brotos mais avançados e mais fortes, que se estorceram por efeito da reação das fibras à lentidão do guilhotinamento. Se estorceram como supliciados. Foi esta pelo menos a minha impressão satisfeita. Em seguida me deitei sobre as cobertas, ao lado de Rosalina, e adormeci profundamente.

Aquela prática se repetiu noites seguidas.

– Deixa, que eu fecho a janela, dizia eu imperativamente à mulher.

– Por quê?

– Por nada. Deixa o ar ficar mais puro, enquanto leio os jornais e fumo. Acabo de ler e fecho. Pode dormir... A Inglaterra está dura!

– Era melhor que você deixasse de se preocupar com a guerra e se ocupasse da família. Pedir a seu Macrínio pra voltar a trabalhar à noite.

Ficava calado, com um ímpeto de caminhar logo para a vidraça. Esperava, porém, que Rosalina começasse a ressonar, para ir guilhotinar os novos brotos, não somente a um ou dois que manifestassem intenção de entrar na casa, mas ainda a outros que eu mesmo puxava para dentro, estendendo-os cuidadosamente sobre a fenda onde ia se inserir o caixilho. E não tinha bebido!

A situação na repartição atingiu o auge certo dia em que o chefe fez novo sinal de que me chegasse à sua mesa. E culminou nas observações que vinha se acostumando a me propinar:

— Nós estamos aqui para produzir.

— É claro.

— E venho notando que o senhor não tem produzido nada. E que seu serviço está atrasadíssimo. E que...

— Mas só estão na minha mesa dois DO! Quer saber de uma coisa? O senhor me escolheu para vítima de sua falta de saúde!

— Hein? (E ele empalideceu, se ainda podia empalidecer mais.)

— O senhor é um doente e quer compensar seus males físicos humilhando os outros!

— Hein?!

A última interjeição fora demasiado enérgica. Agora eu é que devia estar muito pálido. Caí em mim.

— Me desculpe, seu Macrínio, mas um pai de família é um pai de família!

E me retirei apressadamente, fracassado.

Pedi as minhas férias regulamentares. O pedido, com surpresa minha, teve PC favorável, de Macrínio! Obtive assim uma trégua. Ia para a rua discutir guerra nos cafés. À noite, metodicamente, decapitava os brotos do caracoleiro. Já nenhum deles procurava avançar para mim. Era necessário procurá-los, trazê-los para a fenda. Cheguei a subir no parapeito a fim de descobrir os brotos que iam rareando. Uma noite Rosalina abriu os olhos e me surpreendeu nessa posição.

— Que é que você está fazendo?

— Nada. Examinando a trepadeira.

— A esta hora?

— Perdi o sono.

A mulher me olhou penalizada, compadecida, e sua voz adquiriu interesse, carinho melancólico:

227

– Tinha esquecido de dizer que a trepadeira está murchando e amarelecendo. Parece que está ressentida.
– Ressentida! estranhei com um sorriso torpe.
– Sim. Com certeza por causa da terra ruim. Você podia chamar seu Pietro. As flores estão acabando.
– Também o perfume já estava enjoativo. Escandaloso! Mandei chamar o carcamano logo de manhã. Receitou adubos químicos. O caracoleiro adquiriu novo impulso de vida, com brotos, três sobre o parapeito. Um deles, desenvolvendo-se rapidamente, chegou a começar a descer pela parede interna do quarto. Ao deitar-me, verifiquei-os com satisfação. Confesso: satisfação! Era só aguardar o momento oportuno... E Rosalina:
– Como há-de ser, Péricles?
– Como há-de ser o quê? perguntei desentendendo-a de propósito.
– A nossa vida... Às vezes acordo de madrugada, não durmo mais pensando...
– Será possível que a gente não possa viver com um pouco menos de dinheiro?
– Pouco menos!
– Não amole...

Ela se calou magoada, mas sem dormir. Parecia deliberada a suspirar a noite inteira. Já estava estabelecido o hábito de deixar a janela aberta enquanto eu lesse os jornais: estes foram lidos, relidos, e ela não dormia. Meu receio é que Rosalina viesse a me surpreender praticando aquela maldade: como me explicaria? Afinal ficou quieta e fui pé ante pé para a guilhotina. Decapitei os três brotos sobre o parapeito, implacavelmente, e o maior e mais forte, o que pretendia descer pela parede interna, quando sua parte já definitiva foi comprimida contra a fenda, teve uma espécie de estremecimento, se encolheu até na ponta, caiu decepado dentro do quarto. Não tive coragem de puxar para mim outros brotos que viçavam entre os arames: novo suspiro de inquietação financeira mostrou que a cara-metade não dormira, embora houvesse fechado os olhos. Fui me deitar ainda meio insatisfeito.

Na outra tarde, recebi com indiferença a notícia de que o caracoleiro, depois daquele excesso artificial de vida, morria rapidamente. Seu Pietro passou por aqui, me ofereceu nova muda que talvez pegasse, já aclimatada.

– Não. Queria era aquela. Morreu, acabou-se.

As férias tinham feito passar o tempo, o grande remédio; mas aproximavam-se do fim sem remediar coisa alguma. Uma noite, porque me faltassem os amigos habituais das conversas de guerra, de esporte e de pornografia, tão boas para esquecer na rua as aperturas do lar, as recriminações de Rosalina principiaram a ecoar dentro de mim com tal força que resolvi de súbito deixar a avenida, tomar um bonde, descer nas proximidades da casa de Macrínio. O chefe me atendeu de pijama, estremunhado. Pedi desculpas pela hora, mas queria lhe dar uma explicação, pensava nisso há muitos dias, não podia passar daquela noite. Que precisava voltar para o serviço noturno. Pai de família. Seis filhos. Dívidas inevitáveis. O homem custou a falar, mas quando falou percebi que não era de todo mau. Parecia comovido. Não estaria acostumado com investidas como aquela.

– Não há nada sem remédio. O senhor foi brusco, ofensivo, não negue... (Longe de mim a intenção de negar: concordei humildemente.) Desejo apenas que a reconciliação venha de sua parte, durante o expediente. Não desculpas públicas e formais, mas um cumprimento reconciliador. O senhor tinha até deixado de cumprimentar-me... Quero somente que ao voltar a trabalhar o senhor chegue perto de minha mesa, me cumprimente com naturalidade. Só. E na repartição conversaremos sobre o serviço extraordinário. Confiei demais na minha saúde, neste clima adorável. Talvez não possa continuar na chefia da noite. Já tenho falhado ao segundo expediente... Conversaremos.

Apertei-lhe a mão e saí cheio de esperanças, embora moralmente abatido. É certo que me humilhara, mas tenho filhos, ora essa! Me acudia um dito de um colega meio cínico, lamentador como nenhum outro: "Felizmente a gente tem filhos pra alegar"... Um cínico que não cuidava de família, chorava miséria, se rebaixava, adulava, e a família era o amparo de suas pretensões, uma válvula para a consciência do seu rebaixamento... Humilhados, fracassados, curvados às imposições da vida, prejudicados, reintegrados à custa de sacrifícios morais, e cada momento é sempre bom lembrar que existe gente muito mais mísera do que nós... Entrei em casa com essas ideias e encontrei Rosalina cosendo na máquina, remendando roupinhas dos meninos apesar de tarde da noite, – aproveitando justamente a folga que eles lhe davam depois que dormiam.

– Falei com seu Macrínio. Volto pro extraordinário.

Ela me fez o favor de ficar calada, apenas me contemplando com sua bondade, com simpatia melancólica, por que não dizer? – com uma piedade que não quer se mostrar. Fomos para o quarto e nos debruçamos silenciosamente na janela. As folhas do caracoleiro estavam todas secas, quase todas caídas, algumas sobre o parapeito.

– O caracol morreu mesmo, disse eu começando a chorar.

– Por causa de uma planta? Você está ficando bobo, Péricles?

Que importava chorar por aquilo, com o testemunho de minha mulher, se vinha de chorar na casa de seu Macrínio... Tirei o lenço, enxugando as lágrimas inesgotáveis. Rosalina me abraçou, sem me entender bem, mas

se calando para deixar passar aquela crise de fraqueza depois dos dias incertos.
— Fui injusto! Muito injusto com o coitadinho... Indo muito acima do alcance do meu pranto, — daquelas folhas secas e espalhadas sobre o parapeito, Rosalina estremeceu:
— Injusto não, Péricles. Com as preocupações a gente parece que se esquece dele. Mas ele está no céu, o coitadinho. Mais feliz do que os mais felizes deste mundo...
Rosalina estremeceu, e eu estremeci com ela; e nos abraçamos, muito unidos, como dois náufragos, soçobrando a olhar para o céu...

Depois de alguns minutos, que sei eu, de algumas horas, me refiz com esforço e procurei nos libertar daquele estado de espírito em que descíamos sem jamais encontrar o fundo, num sofrimento que afinal possuía uma certa doçura confusa e imperdoável. Falei quase sem voz, como muito de baixo, de um mundo subterrâneo:
— Rosalina, eu falei no caracoleiro... No coitadinho do caracoleiro. Você pensou em Nelsino... Mas se pode pedir outra muda a seu Macrínio.

Minha mulher acordou de repente e juntou o seu esforço ao meu, para me reerguer, com uns olhos, uns modos de heroína doméstica, firme e decidida:
— Isto não, Péricles. Isto nunca! Compra-se outra muda, de seu Pietro.

NOTA CRONOLÓGICA

O primeiro conto deste livro, "Pesca da baleia", foi publicado em *A revista*, o mensário modernista mineiro que durou três números. No número 2, de agosto de 1925. Junto ao título do trabalho, havia um asterisco chamando a atenção para a seguinte nota-piada: "Pra melhor compreensão de alguns trechos consultar os filmes com lobos do mar e escunas de pesca. N. do autor". – No final, o seguinte: "De *Náusea infinita*, romance manqué – Caravelas (Bahia) – 1922". Realmente, era o trecho final de um romance gorado, mas valia como conto, a que acrescentei depois alguma coisa que lhe desse, ao que penso, a estrutura do gênero. Aliás, na crítica que por aquele tempo fez o sr. Tristão de Ataíde, *A revista,* escreveu o seguinte: – "Além dessas notas referidas, um conto, ou trecho do sr. João Alphonsus (pseudônimo?), baiano de Caravelas, *Pesca da baleia*". – Naturalmente por causa daquela indicação final da cidade baiana, como lugar em que fizera o trabalho. Isso leva a uma outra explicação, talvez mais necessária. Em 1922, em virtude de certo estado de espírito consequente a merecidas reproduções em preparatórios, sendo funcionário-praticante das Finanças do Estado, houve uma vaga de vigia fiscal do porto de Ponta d'Areia, no sul da Bahia, junto à velhíssima cidade de Caravelas, ponto inicial da E. F. Bahia e Minas: sorriu-me a aventura de ir para lá, em comissão, eu fui, por uns três meses. Fica esclarecida a existência desse conto praieiro, da lavra de um escritor irredutivelmente central. Alguns dados da pesca, até mesmo o episódio da covardia de Josefino, correm por conta de um preto verboso, João da Cruz, maquinista da Bahia e Minas, ex-pescador de baleias, que possuía e exibia um formidável arpão com que teria arpoado várias feras do mar. – O segundo, "Morte burocrática", foi publicado na revista *Novela mineira*, de Belo Horizonte, nº 7, de março de 1922. A *Novela* instituíra um concurso literário, de contos, cujo primeiro prêmio era de cinquenta mil-réis e o segundo, menção honrosa, com dádiva de livros de autores mineiros. Concorri com o pseudônimo de João Serodius. Honestamente, depois de decidido o concurso, em que não fora contemplado, revelei-me autor de "Morte burocrata", que era o título do trabalho então. A comissão, composta de Mário de Lima, Carlos Góis e Aníbal M. Machado, resolveu dar-me 3º lugar, como menção especial, publicando o escrito. Modifiquei-lhe alguns pontos, mais tarde. – Os outros são bem mais recentes e nada que anotar sobre eles.

J. A.

BIOGRAFIA

João Alphonsus de Guimaraens nasceu em 6 de abril de 1901 na cidade de Conceição do Serro, hoje Conceição do Mato Dentro, em Minas Gerais. Terceiro dos 15 filhos do poeta simbolista Alphonsus de Guimaraens, mudou-se em 1906 para Mariana em razão da nomeação do pai como juiz municipal da arquiepiscopal cidade. Concluiu os estudos primários no Grupo Escolar Dr. Gomes Freire, em 1912. Dos 13 aos 15 anos, esteve, como interno, no Seminário Arquiepiscopal de Mariana, concluindo o terceiro ano do Seminário Menor. Inclinando-se de início pela poesia, João Alphonsus escreveu na adolescência inúmeros poemas, sonetos sobretudo. Destes, o melhor se intitula "Alphonsus" e nele Carlos Drummond de Andrade viu "mais do que simples homenagem filial, pois nos revela outro poeta da raça dos Guimaraens". Aos 15 anos manifestou-se o prosador, com o conto "Guaraci", por sinal indianista. O primeiro conto, revelando nessa idade o gosto pelo gênero literário em que melhor se afirmaria.

Em 1918, transferiu-se para Belo Horizonte, onde ocupou até 1929 o cargo de praticante da Diretoria da Fiscalização da Secretaria das Finanças.

Em 1922, no ano seguinte ao falecimento do pai em Mariana, residiu por três meses na cidade de Caravelas, no sul da Bahia, exercendo o cargo em comissão de vigia fiscal do porto de Ponta d'Areia. Ali escreveu o conto "Pesca da baleia", que mais tarde escolheu como nome de um dos seus livros.

De volta a Belo Horizonte, matriculou-se no Instituto de Química Industrial e, depois, na Faculdade de Medicina da Universidade de Minas Gerais, que cursou por dois anos. Bacharelou-se em 1930 pela Faculdade de Direito da mesma universidade, sendo orador da turma. Ainda nesse ano casou-se com a senhorita Esmeralda Baeta Vianna. Da união nasceram três filhos: João Alphonsus Filho – já falecido –, Liliana e Fernão.

No exercício do jornalismo, subiu de revisor a redator-chefe e depois a diretor interino do *Diário de Minas*, sendo colega, entre outros escritores, de Carlos Drummond de Andrade.

Em 1931, veio a ser nomeado promotor de Justiça da Primeira Vara de Belo Horizonte e, em 1934, auxiliar jurídico da Procuradoria-Geral do Estado.

Participou intensamente do movimento modernista, colaborando em *A revista*, de Belo Horizonte, em *Verde*, revista de Cataguazes, e em *Terra roxa e outras terras*, de São Paulo, onde publicou em 6 de julho de 1926 o conto "Galinha cega", que lhe daria imediato renome.

Em 1942, foi eleito para a Academia Mineira de Letras. Vitimado por uma endocardite bacteriana, faleceu em Belo Horizonte em 23 de maio de 1944.

Sua viúva faleceu no Rio de Janeiro, onde passara a residir com os filhos, em 15 de março de 1985.

BIBLIOGRAFIA DO AUTOR

Galinha cega, contos. Belo Horizonte: Os Amigos do Livro, 1931.
Totônio Pacheco, romance. São Paulo: Companhia Editora Nacional, 1935. (Prêmio Machado de Assis da Companhia Editora Nacional)
_____. 2. ed. Rio de Janeiro: O Cruzeiro, 1955. v. 8. (Coleção Contemporânea).
_____. 3. ed. Rio de Janeiro: Imago/Instituto Nacional do Livro, 1976.
Rola-moça, romance. Rio de Janeiro: José Olympio, 1938. (Prêmio da Academia Brasileira de Letras)
_____. 2. ed. Rio de Janeiro: Imago/Instituto Nacional do Livro, 1976.
Pesca da baleia, contos. Belo Horizonte: Livraria Paulo Bluhum, 1941.
Eis a noite!, contos e novelas. São Paulo: Livraria Martins, 1943.
Contos e novelas. Rio de Janeiro: Edição do autor, 1965.
_____. 2. ed. Rio de Janeiro: Imago/Instituto Nacional do Livro, 1976.
João Alphonsus, ficção. Organizado por João Etienne Filho. Rio de Janeiro: Agir, 1971. (Coleção Nossos Clássicos).

ÍNDICE

Prefácio 7

GALINHA CEGA

Galinha cega 13
Oxicianureto de mercúrio 23
O homem na sombra ou a sombra no homem 35

PESCA DA BALEIA

Pesca da baleia 61
Uma história de Judas 73
O guarda-freios 79
O imemorial apelo 87
Sardanapalo 99

EIS A NOITE!

Eis a noite! 109
Mansinho 119
Foguetes ao longe 133
A noite do conselheiro 145
O mensageiro 157
Ordem final 191
Caracol 209

Nota cronológica 233
Biografia 235
Bibliografia do autor 237

COLEÇÃO MELHORES CONTOS

ANÍBAL MACHADO
Seleção e prefácio de Antonio Dimas
LYGIA FAGUNDES TELLES
Seleção e prefácio de Eduardo Portella
BRENO ACCIOLY
Seleção e prefácio de Ricardo Ramos
MARQUES REBELO
Seleção e prefácio de Ary Quintella
MOACYR SCLIAR
Seleção e prefácio de Regina Zilbermann
MACHADO DE ASSIS
Seleção e prefácio de Domício Proença Filho
HERBERTO SALES
Seleção e prefácio de Judith Grossmann
RUBEM BRAGA
Seleção e prefácio de Davi Arrigucci Jr.
LIMA BARRETO
Seleção e prefácio de Francisco de Assis Barbosa
JOÃO ANTÔNIO
Seleção e prefácio de Antônio Hohlfeldt
EÇA DE QUEIRÓS
Seleção e prefácio de Herberto Sales
MÁRIO DE ANDRADE
Seleção e prefácio de Telê Ancona Lopez
LUIZ VILELA
Seleção e prefácio de Wilson Martins
J. J. VEIGA
Seleção e prefácio de J. Aderaldo Castello
JOÃO DO RIO
Seleção e prefácio de Helena Parente Cunha
IGNÁCIO DE LOYOLA BRANDÃO
Seleção e prefácio de Deonísio da Silva
LÊDO IVO
Seleção e prefácio de Afrânio Coutinho
RICARDO RAMOS
Seleção e prefácio de Bella Jozef
MARCOS REY
Seleção e prefácio de Fábio Lucas
SIMÕES LOPES NETO
Seleção e prefácio de Dionísio Toledo

HERMILO BORBA FILHO
Seleção e prefácio de Silvio Roberto de Oliveira
BERNARDO ÉLIS
Seleção e prefácio de Gilberto Mendonça Teles
AUTRAN DOURADO
Seleção e prefácio de João Luiz Lafetá
JOEL SILVEIRA
Seleção e prefácio de Lêdo Ivo
JOÃO ALPHONSUS
Seleção e prefácio de Afonso Henriques Neto
ARTUR AZEVEDO
Seleção e prefácio de Antonio Martins de Araujo
RIBEIRO COUTO
Seleção e prefácio de Alberto Venancio Filho
OSMAN LINS
Seleção e prefácio de Sandra Nitrini
ORÍGENES LESSA
Seleção e prefácio de Glória Pondé
DOMINGOS PELLEGRINI
Seleção e prefácio de Miguel Sanches Neto
CAIO FERNANDO ABREU
Seleção e prefácio de Marcelo Secron Bessa
EDLA VAN STEEN
Seleção e prefácio de Antonio Carlos Secchin
FAUSTO WOLFF
Seleção e prefácio de André Seffrin
AURÉLIO BUARQUE DE HOLANDA
Seleção e prefácio de Luciano Rosa
ALUÍSIO AZEVEDO
Seleção e prefácio de Ubiratan Machado
SALIM MIGUEL
Seleção e prefácio de Regina Dalcastagnè
ARY QUINTELLA
Seleção e prefácio de Monica Rector
HÉLIO PÓLVORA
Seleção e prefácio de André Seffrin
WALMIR AYALA
Seleção e prefácio de Maria da Glória Bordini
*HUMBERTO DE CAMPOS**
Seleção e prefácio de Evanildo Bechara

*PRELO